# 歷史大人物：秦漢

黃獎 著

# 自序

## 歷史是一連串的活好當下

喜歡歷史，討論人在不同時空之下，有什麼考慮，做什麼抉擇。有時，我會覺得現實世界的情節，比小說電影更加匪夷所思。所謂的大人物，多半是在適當時機，做了對了幾個決定。

我們看漢朝，文治武功都出色，這些大人物，是做了很周詳的人生規劃嗎？也不儘然。先看漢高祖劉邦，活到四十歲，還是吊兒郎當的吃喝玩樂，忽然來了機會，也只是二線頭目。當項羽叱吒風雲的時候，他可沒法預計自己會有爭奪天下的本錢。他能夠做的，是估量自己的籌碼，盡量把手上的爛牌打好。

西漢二百年，被王莽篡奪了皇位，大家多半聽過「光武中興」的事蹟。不過，漢光武帝出道的時候，只是正常的上班族，人生兩大心願，就是娶一個靚老婆，及當上負責皇城治安的中級官員，故此有「仕宦當作執金吾，娶妻當得陰麗華」的名句。很明顯，他當時的人生規劃之中，頂多是「做好哩份工」，累積功勞，然後慢慢升級。但，當他一直活好當下，機會出現的時候，就有本錢繼續發展。

是的，人生充滿變化，歷史告訴我們，許多事情不可預知，故此我們雖然可以做好規劃，但也應該有心理準備，隨時要作出相應的改變，修正軌道。面對不可知的未來，做好當下，就是人生策略的第一步！

黃璞

香港作家

2025 年 6 月

# 目錄

初出漢宮時淚濕春風
顧影無顏色尚得君王不
卻怪丹青手入眼平生未曾
畫不成當時枉殺毛延壽一去
侍女暗可憐着盡漢宮衣寄
深人生樂垂淚只有年年鴻雁
可憐青冢已在相知心傳消息
哀弦留至今蕪沒尚有莫相憶
人卻回首漢恩自淺胡
咫尺長門閉阿嬌
飛鴻勸胡酒漢宮意無南
黃金杆撥春風手明妃初

# 導讀

# 中國歷史年表 夏—清

約 2070 年
夏
約 1600 年
2000
1900
1800
1700
1600
1500
1400
公元前 〉〉〉
211
公元前 〉〉〉
770
東周
256
202
秦
西漢
475
春秋
戰國
700
600
500
400
300
200
公元 〉〉〉
618
907
916
契丹
1038
蒙古
1227
1206
蒙
五代
遼
1125
1115
金
960
1234
唐
十國
北宋
南宋
979
1227
1276
700
800
900
1000
1100
1200
1300

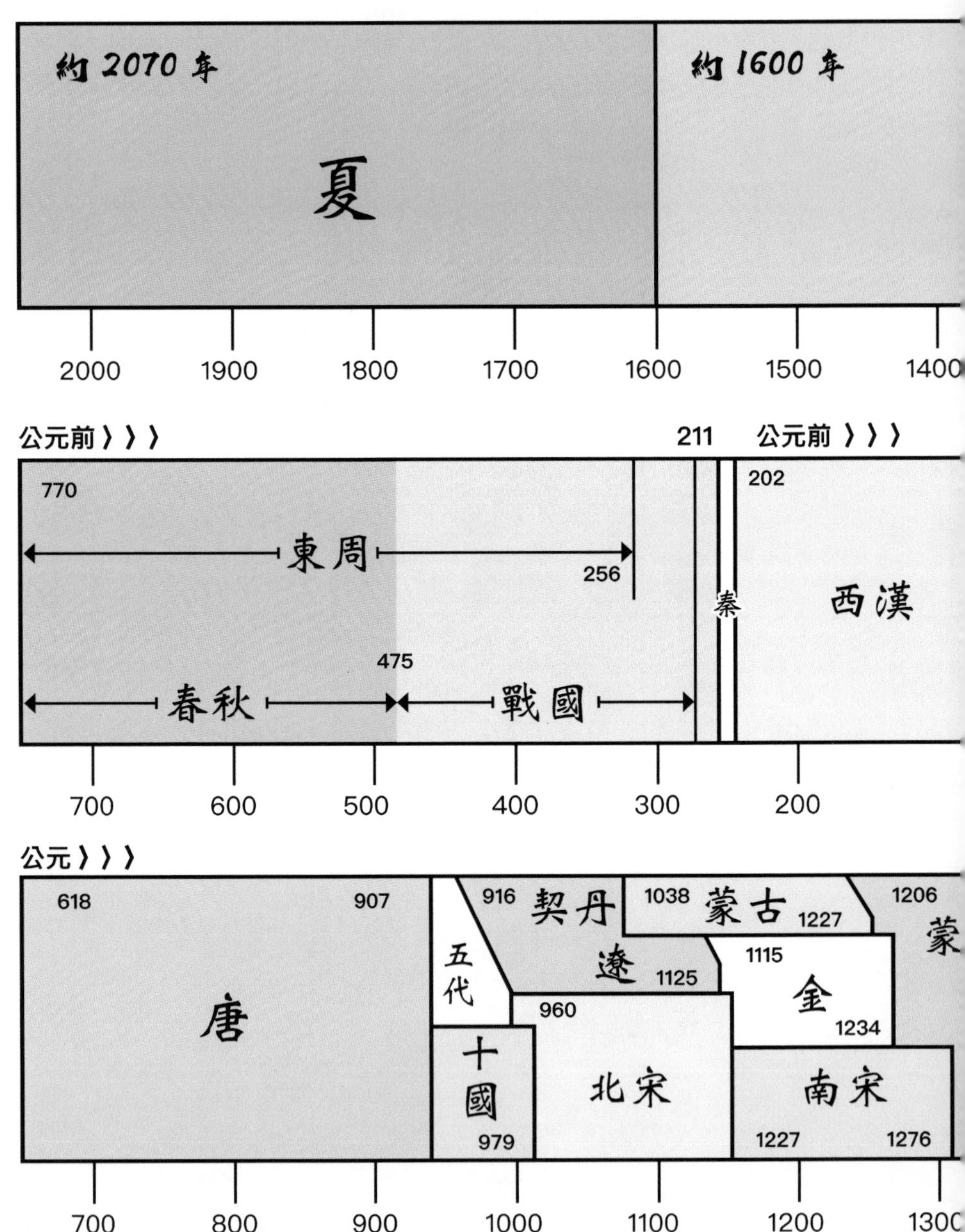

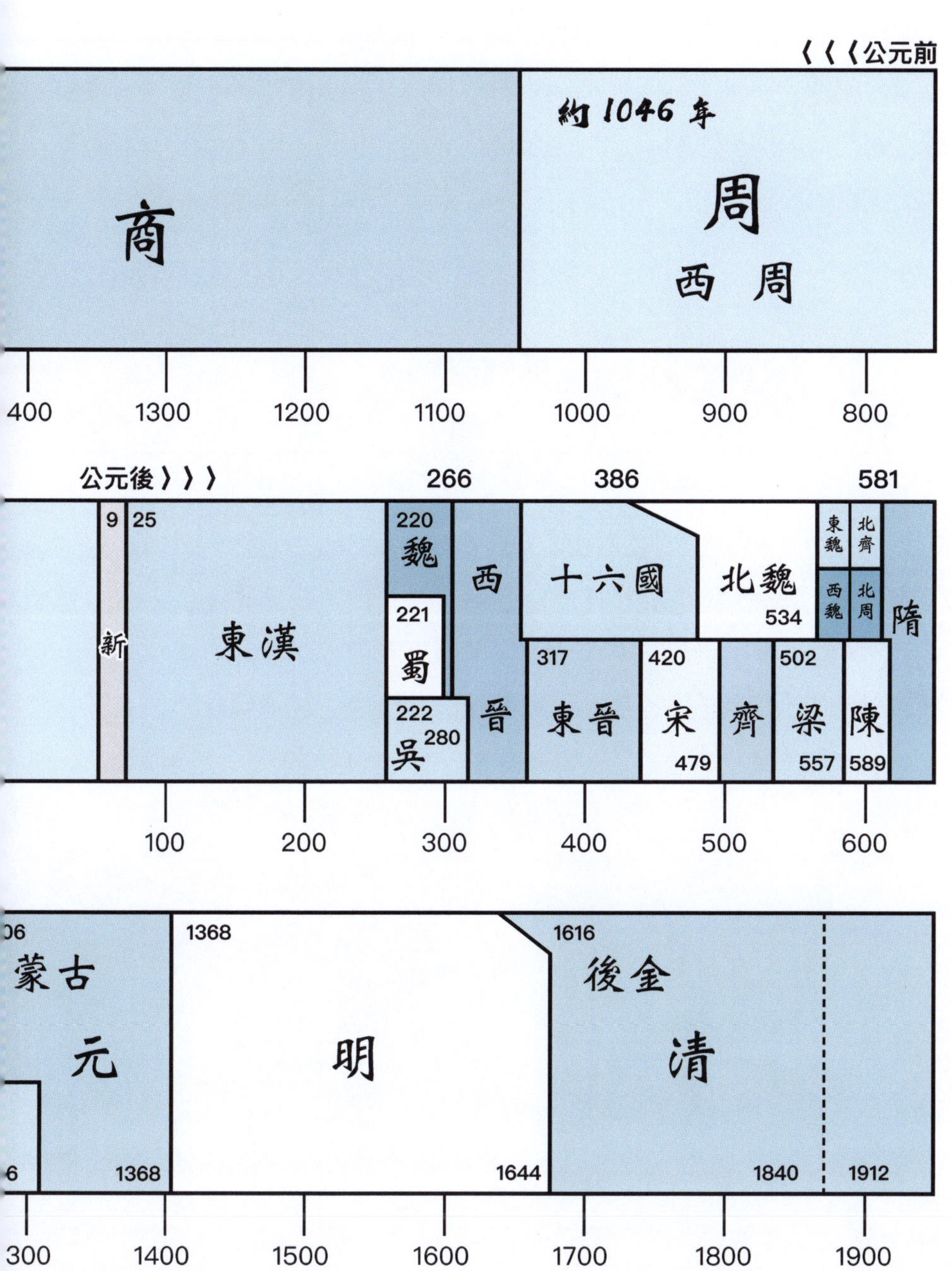

〈〈〈公元前
商
約1046年
周
西周
400
1300
1200
1100
1000
900
800
公元後〉〉〉
266
386
581
9
新
25
東漢
220
魏
221
蜀
222
吳
280
西
晉
十六國
北魏
534
東魏
北齊
西魏
北周
隋
317
東晉
420
宋
479
齊
502
梁
557
陳
589
100
200
300
400
500
600
06
蒙古
元
6
1368
1368
明
1644
1616
後金
清
1840
1912
300
1400
1500
1600
1700
1800
1900

# 中國的朝代簡史

有人認為，中國古代歷史分為許多朝代，時間跨度長，涉及範圍廣，所以難以學習。不過，如果我們嘗試從另一個角度去接觸歷史，先挑選趣味比較濃的故事，用現代邏輯去分析古人的價值觀，故事越多，就可能越有吸引力。這本書從古代著名人物角度出發，不少名字都是大家耳熟能詳的，從而帶出每個朝代的不同環境，減少學習過程中的負擔。

中國古代歷史可以分為神話、傳說、半信史和信史四個部分。先不說神話時代，傳說時代是指在文字出現之前，依靠口耳相傳的歷史，這些資料在後世才用文字紀錄，記入史冊。由軒轅黃帝至堯、舜，甚至大禹治水都屬於這個時代。

由禹帝開創的夏朝和之後的商朝，雖有出土文物及文字記錄為證，但由於資料記載經常中斷，所以被稱為「半信史時代」；到了周朝開始（公元前 841 年），就有了持續的文字記載，歷史沒有間斷，故此，就被稱為「信史時代」。

其中夏朝是「半信史」的第一個朝代，其興起標誌著中華文明的開始，大約在公元前 21 世紀左右建立。夏朝歷史由很多傳說組成，沒有太多實物證據。夏朝的皇帝是「禹」，即是傳說中的治水英雄，被譽為「天下太平之始」，為人們提供了一個相對穩定的社會環境。

夏朝之後，商朝在公元前 16 世紀左右興起。商朝的興起標誌著中國歷史上一個文明的誕生，商朝是中國古代歷史上的一個重要朝代，它的滅亡標誌著中國古代歷史的另一個時期的開始。商朝是一個奴隸制度的國家，它的經濟和文化水平都非常發達，對中國歷史的發展有著深遠的影響。

隨著商朝的滅亡，西周在公元前 1046 年左右建立，周朝是中國歷史上，「半信史」之後的第三個朝代。周朝是一個封建制度的國家，周朝的建立標誌著奴隸制度向封建制度的過渡，周朝的發展對中國的歷史發展產生了深遠的影響。周朝的經濟和文化水平都有了相當大的提高，這也為春秋戰國時期到來奠定了基礎。

春秋戰國時期是中國歷史上的一個重要時期，它的開始標誌著中國歷史的第四個時期的到來。春秋戰國時期是一個動蕩不安的時期，各國相互爭鬥，形成了一個多國分立的格局。春秋戰國時期的發展，為中國歷史上的統一奠定了基礎，也是中國古代文化和哲學思想的繁榮時期。

秦朝是春秋戰國後的第一個大一統王朝，它的建立標誌著中國歷史的第五個時期的到來。秦朝的經濟和文化水平都有了相當大的提高，秦始皇還實行了統一的貨幣制度和度量衡制度。但是，秦朝的暴政和殘酷統治引起了人民的不滿，最終導致了秦朝的滅亡。

漢朝是緊接秦朝的第二個大一統王朝，它的建立標誌著中國歷史的第六個時期的到來。漢朝的發展，為中國歷古代文化和哲學思想的繁榮時期。漢朝在政治、經濟、文化等方面都有著很高的成就，漢朝的統治者還實行了許多有益的改革。

漢朝末期進入三國時代，然後就是魏晉南北朝，都是政權轉換得比較頻密的時間。到了公元 581 年，隋文帝楊堅建立了隋朝，其政治制度和統治手段相對於以前的朝代來說更加嚴密和集中。隋朝的建立標誌著中國古代歷史的第七個時期的到來。隋朝期間，中國的統一程度達到了前所未有的高度，經濟和文化也有了相當大的進步。

不過，隋朝的時間並不長久，很快被推翻了，而之後的唐朝，是中國歷史上最輝煌的一個時期之一，它的建立標誌著中國古代歷史的第八個時期的到來。唐朝是一個封建王朝，它的統治者實行了許多有益的政治、軍事、經濟和文化改革，使得唐朝成為了中國歷史上的一個繁榮時期。唐朝的經濟和文化都有了相當大的提高，唐代的詩歌、繪畫、書法等藝術形式都達到了高峰。

宋朝是中國歷史上的第九個時期，它是中國歷史上最重要的朝代之一。宋朝的經濟和文化發展非常迅速，科技水平也有了很大的提高。宋朝的統治者實行了許多有益的政治、經濟和文化改革，包括增加稅收、推行科舉制度、興辦水利等等。宋朝也是中國文化和藝術的繁榮時期，宋代的詩歌、繪畫、書法等藝術形式都有了很大的發展。

元朝是中國歷史上的第十個時期，它是中國歷史上的一個分裂時期。元朝的統治者來自蒙古族，他們的統治手段和文化傳統與漢族有所不同。元朝的經濟和文化發展緩慢，但是元朝在城市建設和交通運輸方面有著相當大的成就。

明朝是中國歷史上的第十一個時期，它是中國歷史上的一個重要朝代。明朝的統治者實行了許多有益的政治、經濟和文化改革，包括興辦學校、推進科學技術、加強農業生產等等。明朝的經濟和文化都有了相當大的提高，明代的詩歌、繪畫、書法等藝術形式都達到了高峰。

清朝是中國歷史上的最後一個封建王朝，它的建立標誌著中國歷史的第十二個時期的到來。清朝的經濟和文化都有了相當大的發展，但是它的政治制度和社會制度卻相對落後。清朝在政治、軍事、經濟和文化等方面都遭受了一系列的挫折，最終在20世紀初被推翻。

總的來說，中國古代歷史是一個源遠流長的歷史過程，它的發展與演變涉及到政治、經濟、文化、社會等多個方面。從夏朝到清朝的歷史過程，展現了中國古代文明和文化的多樣性和繁榮。

秦漢時代

# 秦漢時代部分
# 歷史大人物的介紹

1 秦始皇是中國第一位皇帝，統一六國、建立郡縣制、統一文字貨幣，奠定中國兩千年政治框架。但後世常誤解他「暴虐無道」，其實他焚書坑儒主要針對方士，而非全面打壓儒家。他追求長生、嚴刑峻法，卻也創造了空前的大一統帝國，功過難以簡單定論。

2 秦二世胡亥是秦始皇幼子，本無才幹，靠趙高偽造遺詔上位。趙高權傾朝野，指鹿為馬排除異己，加速秦朝滅亡。李斯助秦始皇統一天下，最終卻被趙高陷害腰斬。這三人象徵權謀與背叛如何摧毀一個帝國。

3 項羽是力能扛鼎的悲劇英雄，鉅鹿之戰破秦軍，卻因剛愎自用敗給劉邦。劉邦出身市井，善用韓信、張良以「流氓手段」贏得天下。楚漢之爭的「鴻溝為界」短暫分治，最終劉邦建立漢朝，證明權謀有時比武力更重要。

4 韓信早年受胯下之辱，投奔劉邦後展現軍事天才，暗渡陳倉、背水一戰，助漢滅項羽。但他功高震主，被呂后誘殺，成「兔死狗烹」典型。他的故事告訴我們：才華能讓人登上巔峰，卻也可能招來殺身之禍。

5 張良是劉邦的「最強大腦」，運籌帷幄之中，決勝千里之外。他精通黃老之術，在鴻門宴救劉邦，晚年急流勇退免遭猜忌。低調卻關鍵的角色，證明智慧比武力更能長久。

6 劉邦死後，呂后掌權十五年，延續休養生息政策，但為鞏固權力殘殺功臣（如韓信）、迫害戚夫人。她是中國首位女性實質統治者，手段狠辣卻穩住漢朝根基，後世對她評價兩極。

7 漢武帝「罷黜百家，獨尊儒術」，派衛青、霍去病擊敗匈奴，開拓西域絲路，使漢朝達鼎盛，他的統治展現了輝煌與代價並存的帝國擴張。

8 李廣是抗匈奴名將，匈奴稱他「飛將軍」，卻因運氣不佳終生未封侯，最後自刎明志。王維詩「但使龍城飛將在」說的就是他，象徵才華與際遇的落差。

9 司馬遷因替李陵辯護遭宮刑，忍辱完成《史記》，首創紀傳體，記錄從黃帝到漢武帝的歷史。他筆下人物鮮活，如項羽、韓信，被譽為「史家之絕唱」，影響後世兩千年。

10 王昭君自願和親匈奴，促進民族和解，成為「落雁」之美的象徵。

11 王政君是漢元帝皇后，家族權傾朝野，其侄王莽以「謙恭」篡漢建新朝，推行復古改革卻導致天下大亂。這對姑侄的故事，展現外戚如何葬送一個王朝。

12 劉秀重建漢朝（東漢）。他低調務實，整頓吏治，史稱「光武中興」。

13 班昭是史學家班固之妹，續寫《漢書》，並作《女誡》規範女性德行。她才學出眾，卻也強化男尊女卑思想，反映東漢儒家文化的雙面性。

## 秦漢時代對中國朝代發展有什麼意義？

想像中國是一台電腦，秦漢時代就是第一個全國統一的「操作系統」，後面的朝代（唐、宋、明、清）都是在這個系統上「升級」，但基本框架（如皇帝制度、儒家思想、郡縣管理）都沒變。

秦漢時代就像中國歷史的「奠基工程」，為後來兩千多年的朝代發展定下了基本規則。 秦始皇統一六國后，中國第一次從分裂的諸侯國變成一個中央集權的大一統國家，就像搭建了一座高樓的地基。漢朝則在這座地基上繼續建造，證明這種統一模式可以長久運行。從此以後，無論後來的唐、宋、明、清如何更替，它們都延續了秦漢的基本框架 — 比如皇帝制度、郡縣管理、儒家思想，就像後世的王朝都在同一套「操作系統」上不斷升級。

在政治方面，秦漢創立了影響深遠的統治模式。秦始皇不再像周朝那樣分封諸侯，而是直接派官員管理各地，形成「郡縣制」，這就像今天的省市制度，讓中央能更有效地控制全國。漢朝進一步優化這套系統，用儒家思想教化百姓，同時以法律維持秩序，形成「外儒內法」的治國策略。 後來的朝代，哪怕像元朝、清朝這樣的外族政權，也都沿用類似的統治方法，因為這套體系確實能讓國家更穩定。

文化上，秦漢時代的貢獻更是直接塑造了今天的中國。秦始皇統一文字，讓不同地區的人能用同樣的漢字交流，就像今天廣東話和普通話發音不同，但寫的字卻一樣。漢武帝時，儒家思想被定為官方學說，強調家庭倫理、教育和社會秩序，這些觀念直到今天仍在華人社會影響深遠。此外，張騫出使西域，打通絲綢之路，讓中國開始與世界連接，漢朝的強盛甚至讓外國人至今稱中國人為「漢人」，稱中華文化為「漢文化」。

可以說，秦漢時代就像中國歷史的「原始程式碼」，後來的朝代都在它的基礎上修改、調整，但核心始終未變。無論是政治制度、文化認同，還是國家治理的邏輯，都能追溯到秦漢時期。 所以，理解秦漢，就等於理解了中國歷史最重要的開端。

# 秦漢的時代背景
# 如何造就這些大人物？

秦漢時代的劇烈變革與特殊社會環境，成為孕育這些歷史人物的關鍵溫床。那時候中國剛從「戰國 Online」（七國大亂鬥）變成「秦朝 1.0 版」，結果系統太嚴苛 hang 機了，馬上又更新成「漢朝 2.0」。這種新舊交替的動盪時代，最適合各路人才出道。

大一統與亂世的碰撞：戰國末期百家爭鳴的思潮，遇上秦國「法家治國」的實踐場域，造就了秦始皇這樣極端強勢的統治者——他必須用雷霆手段壓制六國遺民，卻也因過度強硬埋下帝國速亡的隱患。而楚漢相爭的亂世，則給了劉邦、項羽這類底層豪傑崛起的機會：舊貴族崩潰，平民憑藉膽識與謀略就能改寫命運。

制度創新的實驗場：秦漢是中國首次嘗試「中央集權」的時代，需要韓信這樣的軍事天才來平定四方，也需要蕭何、張良等文臣設計官僚體系。漢武帝為強化皇權，必須重用衛青、霍去病等新銳將領對抗匈奴，同時以董仲舒「獨尊儒術」確立意識形態控制——這些都讓能人異士有了施展舞台。

階級流動的短暫窗口：秦滅六國打破世襲貴族壟斷，漢初「布衣將相」現象（如劉邦集團多出身微寒）讓社會底層看到上升希望。司馬遷能以非官宦身份修史，班昭以女性參與國史編纂，皆因漢代尚未完全僵化。但隨儒家正統化，東漢時外戚（王莽）、世家（班氏）又逐漸壟斷權力，形成新貴族。

帝國擴張的歷史任務：對匈奴的戰爭催生了李廣、衛青等將領；絲綢之路開通需要張騫這樣的探險家；而王昭君和親，則反映強盛帝國對「懷柔遠人」的政治需求。這些人物命運皆與漢朝「開邊拓土」的國策緊密相連。

秦漢從分裂到統一、從集權實驗到制度成熟的過程，如同一個巨大熔爐——既有足夠壓力迫使人物突破極限（如韓信忍辱），也有足夠空間容納不同才華（如張良的謀略、司馬遷的史筆），最終鍛造出這些鮮明個體。

初出漢宮時淚濕春風鬢
顧影無顏色尚得君王不
卻怪丹青手入眼平生幾曾
畫不成當時枉殺毛延壽一去
侍女暗可憐着盡年漢宮衣寄
深人生樂垂淚只有年鴻雁
可憐青冢已在相知心傳消息
哀弦留至今蕪沒尚有莫相憶
人卻回首漢恩自淺胡
飛鴻勸胡酒漢宮閉阿嬌
黃金捍撥春風手意無南
明妃

## 真實與誤會

# 秦始皇

首建帝制，功在統一，
爭議焚書坑儒，奠定中國根基。

# 秦始皇：
# 真實與誤會

## 1.1 千古一帝的性格特質

嬴政 13 歲登位當秦王，但絕對不是贏在起跑線的例子。他在趙國出世，父親嬴異人本來是留在趙國的人質，後來，父親找了個機會逃回秦國，就把他留在趙國，以人質的身份繼續生活。要知道，在那個時候，剛剛發生了長平之戰，秦國的將軍白起坑殺了四十萬趙國軍人。背負着這段血海深仇，嬴政在仇人的家中長大，所受到的欺凌，非筆墨可以形容。故此，許多歷史學家都認為，他在這種惡劣環境之中成長，培養出深沉複雜的性格，亦敢於面對任何困難，有信心開創一個自己認為滿意的天地。

在之前幾代的帶領之下， 秦國已經非常強大，到了嬴政的手上，秦國的國勢就更加威脅到其他六國的安全。於是，一樁一樁刺客事件就發生了，最出名的荊軻事件，其實只是其中一件。在這個時候，他變得多疑，實在是可以想像的。當時，有一件事可以看出，他那種複雜的性格，成就了往後的統一大業。

有一個韓國人名叫鄭國，精於水利工程，想了一個辦法，遊說他去建造運河，藉此分散他的注意力，亦可以勞民傷財，減低其他國家的軍事壓力。工程開始了沒多久，這個陰謀敗露了，鄭國當然被審問。鄭國也沒有隱瞞，說這個的確是韓國國君的計劃，不過，他同時以水利專家的專業角度來分析，長遠來說，這個工程真的對秦國有利。

**小知識**

韓國是姬姓中國戰國七雄之一，後世歷史學家將韓、魏、趙、秦、楚、燕與齊合稱戰國七雄。韓國國土主要包括今山西南部及河南北部，初都平陽（今山西臨汾），滅鄭國後則遷新鄭（今河南鄭州新鄭）。公元前230年春，秦王政十八年春，韓王安投降，韓國滅亡。由於地處黃河中游地區，韓國東部和北部都被魏國包圍、西有秦國、南有楚國、以及當時已很薄弱的東周（洛陽），完全沒有發展的空間，國土在七國之中最小，屢遭列強欺凌。

嬴政反覆思考，同意了這個說法，繼續讓鄭國完成這個運河工程，結果當秦國真的攻打六國的時候，運河起了關鍵的補給作用。可以看得到，他本身的性格非常複雜，亦由於這種複雜的性格特質，令他懂得多角度思考，隨機應變，最後成功統一中原，成為「千古一帝」！

## 1.2 千古一帝被冤枉：焚書／坑儒

我們印象中的秦始皇，就是一個典型暴君的形象，通常都會用一些專橫、殘暴、殺了很多人之類的形容詞，但歷史中的他，真的是這樣的嗎？後來，又有一些學者喜歡抱「中庸」態度，說秦始皇雖然殘暴，但統一了中國，終結了歷時幾百年的春秋戰國亂局，功勞不少，可以說是功過相抵了。毫無疑問，這種「中間落墨，各打五十」的論調，頗為容易消化，也終結了很多爭論。

不過，我又發現，原來大家指責秦始皇的論據，其實並不站得住腳，值得剖析。首先，他要打倒其他六國，打了很多場戰役，在十年之間，先後將韓、趙、魏、燕、楚、齊逐個擊破。戰爭嘛，當然殺了很多人，而事實上，在統一之前，七國之間本來就戰火不斷，所以，戰事之中的犧牲，根本就不能避免。在戰爭中殺人，說得通；統一之後呢？他焚書坑儒，興建長城，不也是死了很多人嗎？尤其是焚書坑儒，幾乎每一次討論，都是指責秦始皇的必殺技。但是，我翻查史書，《史記》中的記載是「焚詩書，坑術士」，並不是說他坑殺讀書人，當中究竟有什麼誤會？

我們來看看最流行的「坑儒」故事，話說秦始皇要統一文字，擔心讀書人提出反對，便想出一條毒計。首先，他做了一些宣傳，聲稱要聘請讀書人到咸陽當公務員，以高薪厚職吸引大家，結果，來了七百多人，都是飽讀詩書的儒生。與此同時，他派親信到驪山，找了一個溫泉區，氣候比較溫暖，種了一片瓜田，瓜成熟的時候，正值冬天。然後，他指使一些文官在朝上啟奏，說出「驪山的山谷中，在冬天長出瓜來」的異象，引起朝上的爭論。順理成章，就派這七百位儒生去察看，當這七百位儒生在山谷中辯論瓜和地熟的問題時，事前埋伏在山上的官兵，就把沙泥土石推了下來，把這些儒生全數壓死。

大家不妨想一想，秦始皇要殺七百個人，有必要弄這麼多花樣，把大家騙來騙去，大費周章嗎？再說，假設他真的想把這件事做成一次天災意外，只是一個種瓜的事，為什麼要七百個人去看？組織一個十人考察團，怎麼說也足夠了吧！七百個儒生，真的不覺得事有可疑嗎？所以，「驪山坑儒」只可能是一個故事，可信性並不高，真實的過程，原來是因為秦始皇對「不死藥」的追求衍生出來的。大家可能都聽說過，秦始皇渴望長生不老，找了很多方士（懂道術的人）想辦法，當中最出名的，就是徐福帶了幾百童男童女，出海求「不死藥」，人家出了海，就當然一去不回了，秦始皇朝思暮想，盼望徐福回來，但始終沒有消息。

**小知識**

傳說二千多年前，秦朝方士徐福奉命為秦始皇尋找長生不老藥，帶著三千童男童女出海，最終抵達日本九州並定居。據說他為逃避責罰，選擇留在當地，這些童男女也成為日本早期居民。故事中提到他將七子命名為福岡、福島等，並派往各地繁衍。此傳說被視為日本地名與文化中「福」字盛行的來源之一，也反映中日古代交流的神秘傳說色彩。

於是，壓力就落在其他方士頭上了。徐福走後，最有名的方士叫做盧生和侯生，秦始皇就希望他倆可以想出長生不老的方法，盧生和侯生雖然受到尊重，也得到相當多的好處，但秦朝律法有規條，方士的法術不靈是死罪，這一條，可真令兩個方士寢食難安。

他倆私下和其他方士說：「皇上不肯接受批評，大家為了討好他，都只會猜度他的心思，順著他的意思來說話，這樣貪戀權勢的人，我們不能為他求長生不死的方法。」交代了之後，他倆就偷偷逃走了。

秦始皇知道侯生和盧生逃跑了，馬上意識到一直被他們欺騙，長生的希望幻滅了，既失望，又憤怒。大家其實也可以想像得到，他一直在倚重這些方士，日常的賞賜非常豐厚，但他們居然在背後議論他，他的憤怒爆發出來，當然牽連甚廣。他派人去查，有什麼方士參與欺騙他的「不死」假局，有什麼人一起議論他，最後查出了四百六十人，大部份是方士，當中也有一些和方士一起議論的讀書人。結果，秦始皇下令把這四百六十人，全部在咸陽活埋處死。故此，他這次殺的，主要是欺騙他的方士，正式的歷史，是「坑術士」或「坑方士」，而不是「坑儒」。用現代的觀點來看，他坑殺的，其實主要是騙子，我們可以說他刑罰太重，也可以批評他殺了一些參與討論的人，但就不是一般的誤解，說他破壞文教，打壓知識份子。

既然坑儒是這樣的一回事，焚書呢？難道又是誤會？我只可以說，也是言過其實，一種被普遍誇大了的概念。在秦始皇三十四年，有一個大臣淳于越，在朝上建議把土地分封諸子，效法周朝的老方法，分封諸侯，各自管理自己的封地。那個時代的讀書人，的確很喜歡捧出舊方法來，認為老祖宗相信的那一套，一定是最好的，大家必須依從。不過，這個時候的秦始皇，相信法家的思想，正在推行「郡縣制」的中央集權制度。（說一句題外話，這種制度，很多東西都由他一人決策，歷史學家估計，他每天要看三十萬字的奏章，而且要即日回應奏章中的請示，當真是個超級勤力的皇帝！）

大家又來猜一猜，秦始皇要用新制度，這個淳于越走出來，當眾鼓吹舊制度，提出相反的言論，這位淳于大叔，會有什麼淒慘的下場？

原來是沒有什麼下場，秦始皇根本沒有理會他，只是專心和丞相李斯一起，研究怎樣令到新制度可以順利推行。

李斯說：「天下既然已經安定了，就需要有一套統一的法律制度，但那些讀書人建議依從古代的制度，抗拒新的方法，很容易造成混亂，需要禁止。」

怎樣禁止呢？讀書人需要用書去傳遞學問，所以只要沒有了這些工具，他們的影響力就必然大打折扣，於是，就有了焚書的措施了。當時，中國剛剛經歷了一段百家爭鳴的時代，儒、道、墨、法等等的學術流派非常多，秦始皇就下令燒毀民間收藏的書籍，只留下秦朝本身的史書和其它實用書，例如醫書、農書和占卜書之類。

大家都知道，當時還未發明紙張，所謂書籍，其實是記載在竹簡之上，燒起來相當壯觀，真的全部燒了嗎？我在今天推想，只怕亦不是一件容易的事。話雖如此，焚書坑儒始終是秦始皇的歷史污點，後人每說到他的功過，這兩件事都必定會被重新抖出來，大肆鞭韃，晚唐詩人章碣寫了兩句詩：「坑灰未冷山東亂，劉項原來不讀書。」就是諷刺秦始皇，剛剛做了焚書坑儒的事，老百姓就起來反抗了。劉項指的是劉邦和項羽，秦朝就滅在他們手上，劉邦後來開創了漢朝的天下。他們真的不讀書嗎？這也未必，只不過，詩人揶揄秦始皇以為控制了言論，天下就太平了，殊不知劉邦和項羽這些人，根本就不是受言論影響，自己本來的志願就是要推翻他。簡單的說，詩人就是找一些角色來揶揄秦始皇，沒有太認真地研究歷史的真相。

無論如何，我們已經搞清楚，焚書和坑儒這兩件事，不是我們想像中的野蠻行逕，那麼「建長城」呢？萬里長城是實實在在的建起來了，難道沒有勞役百姓？莫非長城是「自動化建築」的產品？

## 1.3 千古一帝被冤枉：萬里長城／孟姜女

首先，大家都因為「孟姜女」的故事太動人，認為秦始皇是不可饒恕的暴君，孟姜女其實是由《杞梁妻》的歷史改編過來的，那是秦始皇出生之前，發生在齊國的一件事情，時、地、人都和秦始皇沒有關係。

「孟姜女哭長城」的故事，可以說是膾炙人口，也是秦始皇的黑歷史，與焚書坑儒並列。據說，在秦朝初年，孟姜女結婚第三日，就收到通知，要徵召新郎去修築長城，後來，勞累而死。孟姜女等不到丈夫的消息，萬里尋夫，最後才知道，丈夫已經死去，登時精神崩潰，在長城邊痛哭七日七夜，令長城也因此而崩塌，露出了丈夫的屍骸。故事的結局，孟姜女把丈夫安葬之後，自己投海殉夫，悲劇收場。這當然是一段古代奴隸制度的悲劇，大家會問，孟姜女是什麼來歷，怎麼她大哭幾天，就可以把長城推倒？有人認為，其實是她的慘況，激勵了當時的人民，合力把長城推倒。當然，這也是一個很現實的構想，但構想歸構想，始終沒有事實根據。

孟姜女姓孟嗎？現代人來看，這不就是一個名字嘛！有名有姓，有什麼值得推敲？但我們用古人的思維審視一下，他們慣常用「伯（孟）、仲、叔、季」來代表長幼次序，「伯」就是大哥，「仲」就是二哥，如此類推。那麼，「孟」又是什麼意思？其實是「孟」和「伯」都是第一個，意思有點相似，但「伯」是指嫡系的長子或長女，相對而言，「孟」就是庶出（小老婆生的）的長子長女。「姜」則是美女的意思。

那麼說，孟姜女其實就是「小老婆生的第一個貌美姑娘」的意思，似乎不是一個真實的名字。

《左傳》有一段記載，在秦始皇出生之前很多年的春秋時代，齊國有一位將軍，名字叫「杞梁」，在戰役中喪生，之後舉行追悼會，齊莊公自己沒有出席，只是派了使者來弔唁。杞梁妻大哭，認為齊莊公對勇士不尊敬，這件事，讓齊莊公知道了，他覺得很後悔，馬上趕來追悼會，並把杞梁厚葬。這件事和秦始皇相隔三百年，我們有什麼理由去支持，杞梁妻是孟姜女的創作原型呢？

到了西漢末年（秦始皇死後二百年），劉向寫《烈女傳》，重提杞梁妻的故事，有「就其夫之屍於城下而哭之」的形容，然後又有「城為之崩」的結尾，於是，就演變成為哭崩長城的情節，成就了一部經典愛情悲劇。

而杞梁這個人物，在元代的雜劇中，成為了范紀良，徹底的改頭換面。這樣看來，秦始皇在這一個個案中，完全是無辜的，他在世時，大概有看過齊國杞梁妻的歷史，當然，他無法想像這件事和自己有關。另外，杞梁妻生於齊國，那兒當然也有城牆，但地理上，和萬里長城相距千里之遙，只怕她一生也沒有到過和萬里長城有關的地方。所謂「上無父兮中無夫，下無子兮孤復孤」的淒涼境況，是唐朝詩人的創作，有心無意地誤導了我們。

其實，「建長城」這三個字，本身已經不準確，秦始皇做的，其實是「修長城」。原來，自西周開始，為了抵擋北方的游牧民族，就一直都在建築城牆，到了戰國時代，趙國、魏國、燕國、秦國本身都有建起城牆，大部份在北邊，也有些在西邊，秦始皇統一之後，把這些城池連起來，再加以維修，所以，我們現在看見的長城，巍峨壯觀，其實是很多前人的努力成果，秦始皇時代真正建起來的部份，沒有我們想像中那麼多。

另外，秦始皇 13 歲登基（公元前 247 年），做了三十七年皇帝，聽起來，似乎當了很久，但他 39 歲才成功滅了六國，建立秦朝（公元前 221 年），所以，他統一之後，其實只當了十年皇帝就死了，沒有我們想像中那麼長久。而且，他也不是一開始「秦皇朝」就修長城的，據記載，他統一了五年之後，去問方士盧生（即是上文騙秦始皇那個方士），秦朝可以千秋萬世嗎？盧生答他：「亡秦者胡也」，他認為是北方胡人帶來的威脅，所以才開始積極修長城。這麼算起來，他修了五年長城之後，他自己就死了，只是勞役了五年的時間，相信沒有大家憶測中那麼大殺傷力吧！

大家會懷疑，歷史中真的沒有記載，秦始皇修長城的死亡人數嗎？這個的確沒有記載。那麼，會不會是政府刻意隱瞞人數，遮掩這種醜聞？當然也有這個可能性，但我又從另一個角度去推斷，秦始皇死後，天下大亂，有許多民兵以及六國的前貴族領兵起義，這個時局之下，如果有大量的勞動人口在修建長城的話，很容易就可以組織成一支軍隊去爭奪天下。要知道，在那個冷兵器的時代，打仗靠的只是力氣與金屬武器，修長城的工具正好派上用場，若然有這一支軍隊造反，恐怕輪不到項羽劉邦。

反過來審視當時的歷史環境，長城確保了邊防的鞏固，也帶來了國家的安全，有了長城之後，不用太費心神去顧慮匈奴的侵擾，令往後的漢朝唐朝多了休養生息的機會。

除了長城之外，另一樁引人詬病的大型建築，就是秦始皇的陵墓了，據《史記》的記載：「始皇初即位，穿治驪山」，即是說，他剛開始當皇帝的時候，就開始建造自己的陵墓了，這一點，我相信無論誰聽到，也會感到奇怪吧！一個十三歲的孩子，就想起要為自己的死亡作出安排？真的想套用一句現代人的說話：「求童年的心理陰影面積有多大！」

（圖片來源：網絡）

照這樣的推算，十三歲開始建墓，他五十歲死的時候還未建好，這個陵墓工程總共做了四十年，耗費龐大。陵墓不像長城，沒有任何實際裨益，花這麼長的時間來建造，絕對是勞民傷財的行為。

然而，考古專家在陵墓中，卻發現了一個修墓中的墓地，從修墓的籍貫來看，他們來自五湖四海，包括今天山東、江蘇、湖南、湖北等地的人民。大家仔細想一想，當秦始皇 13 歲，七國並列的時候，他怎會找其他六國的工匠來幫他建造陵墓？這個疑點，頗值得深究。而且，建造陵墓的負責人是李斯，據古籍的記載，李斯是以丞相的身份來接受這個工作的。我翻查李斯的歷史，李斯本來不是丞相，到了公元前 214 年才當上這個位置的，再過四年，秦始皇就死了，以這個計算來看，秦始皇的皇陵，應該只建了五年左右。

這麼說，《史記》的記載是否錯了？

歷史學家有一個看法，司馬遷寫《史記》的時候，除了記錄事實之外，也會紓發一些個人的觀點，而秦始皇修葺陵墓這一段，很有可能是說給漢武帝聽的，因為漢武帝的確是一開始當皇帝，就開始修建自己的陵墓，所以，司馬遷寫這一段時，很有可能是借秦始皇來做一個錯誤的示範，來勸諫漢武帝，希望老闆不要做同樣的錯事。這種做法並不罕見，更被稱為「影射史學」，不過，這個做法的成效通常都很有限，漢武帝當五十四年皇帝，但就足足修了五十三年陵墓，司馬遷的苦心，看來是白費了。

他沒想到的是，後人的目光只集中在秦始皇的過失，這項「修陵墓」的偽證，又成為秦始皇的幾項大罪之一。從這幾個觀點來看，大家慣性說的秦始皇罪證，可能都是一場誤會。

## 最早的全國的統一支付系統

從秦朝的「半兩錢」到漢朝的「五銖錢」，就像是最早的全國通用電子支付系統！秦始皇統一貨幣時發行的「半兩錢」，設計成外圓內方的造型，靈感來自古人「天圓地方」的 宇宙觀——圓形象徵天空，方孔代表大地，這經典款式一用就是兩千年。到了漢武帝時代，升 級版「五鑑錢」登場：它嚴格控制重量(約 4 克)，邊緣加鑄凸起防偽線，簡直像古代驗鈔機！這些小銅錢讓全國交易變簡單，農民賣米、商人買絲綢都用它，根本是秦漢版的「支付寶＋八達通」合體啦！

為什麼錢孔是方的？因為古人用繩子串錢，方孔不易滑動，扛著「錢串子」走路就像拎著一串銅板鑰匙圈！

秦半兩

漢五銖

初出漢宮時淚濕春風
顧影無顏色尚得君王不
卻怪丹青手入眼平生幾曾
畫不成當時枉殺毛延壽一去
侍婢暗可憐着盡年漢宮衣寄
帝深人生樂垂淚只有年鴻雁
可憐青冢已在相知心傳消息
哀弦留至今蕪沒尚有莫相憶
人卻回首漢恩自淺胡
咫尺長門閉阿嬌
飛鴻勸胡酒漢宮意無南
黃金杆撥春風手明妃

# 篡位三人組

# 胡亥 趙高 李斯

胡亥無能，趙高弄權，
李斯助秦卻遭反噬，秦亡於此。

# 胡亥／趙高／李斯：
# 篡位三人組

六國統一之後，嬴政稱自己為「秦始皇」，意思是指秦朝可以千秋萬載的統治中原，而他自己就是開始這件事的第一個皇帝！照這樣看，他當然應該安排好接班人，沒想到，在這方面，他就顯得馬虎了一點。

本來，他是打算讓長子扶蘇承繼皇位的，不過，由於扶蘇性格仁厚，經常反對他的決定，所以，他把兒子調到遠方，不知道是當是一種懲罰？抑或是一種歷練？

秦始皇自己無法預測，就在他統一天下的第十一年，他出巡到沙丘這個地方時，忽然患急病去世。臨終時，身邊只有次子胡亥、承相李斯、宦官趙高等幾個人，他便下令叫扶蘇回咸陽承繼皇位。

趙高非常清楚，若然扶蘇當了皇帝，自己沒有什麼好處，胡亥是自己的學生，若然猶他當政，便大有機會扶搖直上。他對李斯說：「扶蘇最看重的，是蒙恬，扶蘇登基之後，蒙恬自然當權，丞相你的權勢就自然保不住了！」其實，李斯早就擔心這個了，於是，就和趙高合謀，假借秦始皇的名義，立胡亥做太子，並且假傳聖旨，命令扶蘇和蒙恬自殺。

**結果，胡亥就成為了「秦二世」，史稱「沙丘之變」。**
**這三個人成功篡位，結果又如何？**

首先遭殃的，是李斯。其實，李斯也是有抱負，希望幹一番事業的。當他發現胡亥登基之後，只顧享樂，不理朝政，便打算進諫一下，希望胡亥可以做一個勤政安民的君主。他去找趙高商量，趙高表面上同意，就叫李斯準備說詞，待皇帝高興的時候來正面規勸。這個趙高也是不安好心的，專挑胡亥玩得高興的時候，就叫李斯過來，打斷皇帝的興致。大家可以想像，老闆每次興高采烈的時候，都有一個恃老賣老的叔叔來潑冷水，老闆就自然疏遠，也不用趙高去打小報告，胡亥開始討厭李斯。過了一段時間，趙高就找了一個藉口，讓皇帝把李斯處死了。

李斯死了之後，趙高就更加肆無忌憚。有一回，他想試試自己的權威水平，命下人拉了一頭鹿到大殿之上，當着皇帝及文武百官面前，指着鹿說：「這是一匹馬！」連皇帝在內，大部份人都唯唯諾諾，沒有人敢指出他的錯誤。這個時候，他就知道朝廷之上，已經沒有人夠膽挑戰他的權威。這一段歷史，就是著名的「指鹿為馬」！

不過，民間卻有不少反抗的勢力，尤其是大家知道秦始皇已經死去，有些受到壓迫的人民，就開始組織義軍，起來反抗。過了一段時日，胡亥也聽到這些傳聞，就開始著緊了，他找趙高來商量對策。這個時候的趙高，覺得自己才是最高決策人，眼裏那容得下這個小子，在他面前指指點點，被胡亥問了幾回，自己又真的沒有應對民變的方案，就索性指揮手下，迫胡亥自殺身亡。

趙高雖然膽大妄為，但也未夠膽直接稱帝，於是，在胡亥的親戚至中，找了一個叫子嬰的堂兄弟來，成為秦朝第三任皇帝。他當然以為自己權勢大，子嬰又是一個新來的，只能當他的傀儡。不過，歷史經常都有意料之外的發展，子嬰自己另有計劃。他連續五天沒有上朝，趙高心忖：「這個小子膽子大了，居然不來上班？他眼中有沒有我的存在？」

趙高一心以為，子嬰和之前的胡亥一樣，只是貪圖逸樂，大概是躲在被窩中睡懶覺吧了。於是，就怒氣冲冲的，來皇宮找子嬰，興許是想罵他一頓！大家可以想像，他覺得皇帝也要捱他罵，是多麼過癮的事情？相信比上次「指鹿為馬」更勝一籌！哪知道，子嬰早有準備，當趙高來到的時候，還未來得及說話，馬上就被子嬰的人馬誅殺。然後，子嬰還誅了趙高三族，在咸陽示眾。

初出漢宮時淚濕春風
顧影無顏色尚得君王不
卻怪丹青手入眼平生幾曾
畫不成當時枉殺毛延壽一去
侍女暗可憐着盡漢宮衣寄
帛深人生樂垂淚只有年年鴻雁
可憐青冢已在相知心傳消息
哀弦留至今蕪沒尚有莫相憶
人卻回首漢恩自淺胡
咫尺長門閉阿嬌
飛鴻勸胡酒漢宮意無南
黃金杆撥春風手明妃

# 楚河漢界與豪傑流氓

# 項羽 劉邦

霸王勇武敗於自負，劉邦善用人才，
流氓變皇帝。

# 項羽／劉邦：
# 楚河漢界與豪傑流氓

## 3.1 劉邦：流氓皇帝不是神話

楚漢相爭，項羽是楚，和漢的劉邦爭皇位，結果大家都知道了，劉邦打勝仗，建立了漢朝的偉大基業。要談劉邦這個人，先由一個傳說故事講起：

話說在戰國末期，有一個流氓，家裏有點田地，又有一個勤奮的哥哥解決家庭負擔，無憂無慮的吃喝玩樂，一直不務正業到四十歲。這時，老爸終於看不過眼，逼他管理家業，他就逃到魏國去「追星」，去見他的偶像信陵君。不過，信陵君已經死了，他只好返回老家。恰巧這個時候，秦始皇統一了六國，需要大量人手來管理國家，他便混了一個最低級的職位來做，管理十里地方的保安事宜。不過，他依然喜歡吃喝玩樂，交朋結友，喝醉了酒就喜歡吹牛，鄉親們覺得他是個流氓，背後都取笑他。

他不知哪兒弄來了一根生鏽鐵棍，說是南山仙人送給他的寶劍，喚作「赤霄」。而他自己，則是赤龍的化身，將來大有作為。

有什麼作為呢？

原來秦始皇是低一級的白龍化身，赤龍既然現世了，白龍的元氣自然散失，此時變作了白蛇，即將被他取代。事有湊巧，當時有人口失蹤案，大家不知發生何事，有人在西澤發現了一條大白蛇，相信是這蛇在吃人。恰巧這時，流氓喝醉了酒，聽說白蛇出現了，就拔出寶劍（鐵棍）去降魔伏妖。大家看著他一身酒氣，腳伐蹣跚的向西澤走去，居然沒有人來勸阻，就由得他獨個兒去犯險。

一夜無話，大家都以為他已經被大蛇吃掉了，好奇的村民，結伴去看個究竟。竟然發現，大白蛇被斬成兩截，流氓躺在旁邊呼呼大睡，他的身體上方有一團雲霧，見到一條赤色龍氣在雲中飛舞。另外，流氓手中的鐵棍也不見了，換了一柄金光耀目的寶劍，劍身鐫刻了「赤霄」兩個字。

故事中的流氓，就是劉邦！

當然，斬蛇的部份是神話傳說，但係可以肯定，劉邦的出身並不十分光彩。歷史上記載，劉邦做亭長的時候，需要押送囚犯前往咸陽，途中有些犯人逃走了，當時，秦朝的法律很嚴，他失職了，就要和其他囚犯一起被處死，劉邦怎樣做呢？他就索性把所有囚犯都放了，讓大家逃命去，當中，有十多人願意追隨他，成為了一支小部隊。恰巧，這個時候，天下有不同的勢力起義，各自反抗秦朝政權。劉邦聽從好朋友張良的建議，帶着他的小部隊，去投靠項梁的楚國勢力，結識了項羽，更和項羽結拜成為兄弟。在這個時候，劉邦當然無法想像，自己將會和這個大將軍爭天下。

## 3.2 項羽的 EQ 其實不低

很多人都以為，項羽失敗是因為 EQ 太低，最後更因為打不贏而烏江自刎。事實上，這可不是三句說話能說完的故事。項羽輸的最大原因，是缺乏厲害的謀臣。他本來有個謀士叫范增，聰明絕頂。電影《鴻門宴》中，黃秋生飾演范增，一個近乎瞎眼的老頭，下棋依然贏了劉邦手下的張良（當然這段戲是加上去的，他倆沒下過棋）。項羽有范增，謀臣方面是不用擔心了。可是，劉邦有個謀臣叫陳平，大家可能不太熟悉，他一輩子只做了一件厲害的事，一場反間計，讓項羽懷疑范增。

**電影《鴻門宴》海報**
**（圖片來源：網絡）**

話說當時開戰前，不是馬上開打嘛，大家會先派使者去商議一下。項羽就派了個使者到劉邦的營地，使者一去到，嘩，被鮑參翅肚熱情招待，當然很高興。捧餐盤的侍應問：「你是范增的使者吧？」使者搖頭：「我是項羽派來的。」侍應一聽，馬上面色大變，說自己捧錯了餐盤，馬上把鮑參翅肚收回去，換上粗糙的食物。嘿嘿，讀歷史時可沒留心，這個捧餐的，原來是個超強的演員！

使者當然很不高興了，回家後如實告訴項羽，哼，范增的使者可以吃鮑參翅肚，項羽的使者就要吃垃圾食物。項羽心裡琢磨，是不是范增和劉邦暗通款曲？所以劉邦的人才對范增特別好？自此，項羽開始疏遠范增，也不聽他的計謀了。范增建議馬上攻打劉邦，項羽卻覺得可能是陷阱，斷言拒絕，白白錯失了收拾強敵的機會。慢慢地，范增知道項羽因而疏遠自己，失望地離開了。

這只是項羽失敗的開始，但這時候，項羽的勢力還是比劉邦強大的。劉邦知道自己不厲害，找了很多厲害的謀臣，項羽卻很聰明，就不願意依靠別人，連范增也是伯父留下的謀士，小時候更稱范增為「亞父」。項羽雖然文武雙全，但沒有謀士相助，靠自己一個腦，難敵劉邦集團式經營，慢慢的愈輸愈多。此消彼長，終於到「垓下之戰」，項羽八百個騎兵被幾千人圍住，最後只剩下二十八人。正常來說，他應該投降了吧，項羽是世人所仰望的英雄，即使他投降，劉邦也不會殺他。

項羽與二十八人說：「今日固決死，願為諸君決戰，必三勝之，為諸君潰圍，斬將刈旗。」今天我們必死無疑，我先去打贏三個回合幫大家留下死後名聲。他把騎兵分為四隊，每隊七人，約好突圍，在東邊的小山集合。劉邦的軍隊搞不清楚項羽在哪，項羽軍衝擊之下，更殺了百多士兵及一個將軍，四隊成功在小山聚合。聚合後再分散，這次分為三隊，隊伍突變。這時候，項羽是很值錢的，生擒、首級都明碼實價，人人都顧著去找項羽，就亂了，又死了百多人，被項羽突圍再集合。這時候，項羽軍還有二十六人，只死了兩個。

項羽覺得差不多了，他們只可以做到如此，他說：「吾起兵至今八歲矣，身七十餘戰，所當者破，所擊者服，未嘗敗北，遂霸有天下。然今卒困於此，此天之亡我，非戰之罪也。」我打了八年仗，未嘗一敗，這次是天要亡我，不是我的戰略不夠好。

項羽是信天意的，然後，他與騎兵們一同下馬，再衝殺出去，他的士兵很多都被俘虜，他卻不願被俘。打到一半，看見一個熟人叫呂馬童，項羽對他說：「聽說劉邦用千金的價格、萬戶侯的地位懸賞我的人頭，反正我都要死了，我就送個人情給你罷！」項羽就把人頭送給呂馬童了。

所以，項羽並不是在烏江自刎的。

原來，在這一戰之前，項羽的確去過烏江，當時，有個亭長駕船等著他。所謂亭長，大概是當時的地方警長兼郵局局長的官職，也是有點見識的，他知道這個大英雄戰敗了，亭長想把他救回楚國，他認為項羽是第一英雄，他救了項羽的話，弄個第二英雄來當也不錯吧。

亭長便說：「江東雖小，地方千里，眾數十萬人，亦足王也。願大王急渡。今獨臣有船，漢軍至，無以渡。」這個地方只有我有船，大王你跟我走吧，回到江東再捲土重來，短短數語，有節有理。項羽卻大笑著回答:「天之亡我，我何渡為！」是天要亡我，我逃跑有啥用？就把烏騅馬送給亭長，所以被稱為「寶馬贈亭長，頭顱送故人」。

後人寫了很多詩來評論項羽，杜牧寫：「勝敗兵家事不期，包羞忍恥是男兒。 江東子弟多才俊，捲土重來未可知」，「捲土重來」就是這樣來的。李清照卻寫：「生當作人傑，死亦為鬼雄。至今思項羽，不肯過江東。」不肯過江東是英雄表現。

其實，項羽不肯逃跑，一來是信天意，二來是八千子弟兵跟著他打仗，現在卻死光了，他覺得很愧疚，老婆虞姬見他戰敗，也先一步殉葬了。項羽的虛榮感很重，「錦衣夜行」就是他說出來的，他說這話時，就是認為打勝仗不回鄉炫耀，等於一個人穿著漂亮的衣服，卻在晚上走，沒人看見，講到「虛榮」，連成語都是他創出來的，可以說是老祖宗了。

那時消息不靈通，劉邦吩咐士兵，在項羽軍營附近唱楚國的歌。項羽軍就以為楚國已經滅亡了，楚國人被俘虜，所以在劉邦軍營裡唱歌，於是士氣低落。而事實上，項羽戰敗後，本來是想逃跑的，不然為啥去烏江？是逃跑的路線嘛，但他去到烏江，碰見亭長，亭長卻告訴他是被騙了，楚國根本沒有亡。項羽的自尊心沒法接受，突然又不肯逃了。所以項羽逃走與否，是一件很複雜的事，不是如戲劇裡的大老粗，打輸了就死。

### 「四面楚歌」的由來。

「四面楚歌」的典故正是來自項羽在垓下被圍那一役。當時劉邦軍隊用心計，命士兵在夜裡唱楚地民歌，製造大量楚軍被俘虜的假象。項羽聽見四周皆唱楚歌，以為自己已被楚國老家已經戰敗，頓感絕望、鬥志全失，這才有了「四面楚歌」的悲劇場景。

這句成語後來就用來形容孤立無援、陷入重重困境的處境。短短四個字，濃縮了一位英雄末路時的蒼涼與無奈——語言的力量，真是動人。

項羽是什麼出身？秦始皇死後，太監趙高掌權，就是「指鹿為馬」的故事。國家大亂，加上嚴刑峻法，令人民紛紛起事。陳勝吳廣本來是做運輸的，法律規定，運輸遲到是要斬頭的。陳勝吳廣帶著手下運輸，卻不幸遲到，橫也是死豎也是死，不如乾脆造反。兩人就揭竿起事，自封為王，結果卻被手下殺了。

他倆失敗，卻令百姓意識到可以造反。之前秦滅六國，但六國還有很多遺民，紛紛起義，其中最厲害的是項梁，項羽的伯父。項梁找到了楚懷王的孫子熊心，熊心也沿襲祖父的稱號，繼續叫楚懷王，名正言順，就召集了很多軍隊。軍權分在四個人手中，項梁、項羽、呂臣、劉邦。主力當然在項梁項羽手上，劉邦勢力最小，軍隊不及別人的一半。

楚懷王安安全全的在家中看別人打仗，聽到很多是非，什麼項梁不聽話、項羽戰勝後屠城太兇殘。到項梁戰死，事情就複雜了，楚懷王乘機收回項梁的軍隊，順道把呂臣封為司徒，也要了他的軍隊。劉邦被封為武安侯，他軍隊少，倒是可以保留。項羽是項梁的人，楚懷王擔心他擁兵自重，就故意打壓他，只有他沒有封賞之餘，軍權也被收回了。項羽明明是可以造反的，但他覺得還不是時候，就忍下了這口氣，顯然地，他的 EQ 並不低。

楚懷王撤了項羽的軍權，卻覺得手下無人可用。其實項梁死前，齊國派使者顯來楚國，恰巧楚國也派使者宋義去齊國，兩人相遇，宋義叫顯走慢點，因為項梁在前面打仗，而且多數會輸，果然項梁被殺了。所以顯來到楚國時，對楚懷王說：「你們國家有個很厲害的人叫宋義，未卜先知呢。」所以，楚懷王缺人時，就把宋義封為上將軍，但宋義之前沒有帶過兵，只是口齒伶俐而已。

楚懷王見秦國內亂，而且北方又有趙國在打仗，他覺得機會來了，於是他把軍隊分為兩支，一支去救趙國，因為諸侯在趙國打仗嘛，怎樣打都只是蹂躪趙國的地盤，順道能消滅秦國的主力；另外一支軍隊則去打咸陽城，即是秦國的首都。因為秦國軍隊去了北邊嘛，防守就空虛了，而且首都人民也不太喜歡秦國，所以楚懷王決定派劉邦去秦國招攬首都的人民，劉邦擅長 PR，常常宣傳仁德、入城不搶財寶之類。

項羽舉手：「不如我和劉邦一起去。」楚懷王怎會給項羽立功的機會？他就說項羽殺人太多，不適合做 PR，應該和宋義一起去救趙國。走到一半，宋義忽然停下來，逗留了四十多天，他說：「別人打得這麼混亂，我們應該等他們打完，再去收拾殘局啊。」其實這點子是不成的，諸侯雖然人多，但人人都怕死，項羽不斷與宋義爭辯。

宋義就沒有指名道姓地嘲諷說：「軍隊裡有些人很執著，非打不可，遇上這種人嘛，就應該要處斬。」宋義不是真的想斬項羽，只是過過嘴癮，但項羽就動手了。項羽在軍隊散播謠言，說宋義「不恤士卒，而徇其私，非社稷之臣」，「不恤士卒」是軍隊停留了四十多天，士兵的軍糧卻開始不夠了，宋義依然大魚大肉；「而徇其私」是宋義把兒子送去外國做官，原來之前他和齊國使者顯交往，已經有了一些關係。宋義就把兒子送去齊國做官，還大肆慶祝了三天三夜，成為一個話柄，因此項羽說宋義不是為國家服務。

其實，項羽想試探其他官兵對宋義的看法，看看宋義的支持率，再把宋義的支持者說服，讓他們轉投自己的一方。終於，項羽收夠選票，覺得支持率足夠了，就一早走去宋義的軍營，當時，宋義剛起床，還以為項羽又來吵架，心忖吵架我還怕你麼，正打算打嘴仗，豈料，項羽二話不說，就拔劍斬死了宋義。

項羽一方面告訴軍隊，是楚懷王暗裡下令要殺宋義，其實這時候，軍隊大部分人都是支持他的，他用什麼藉口也無所為；另一方面寫信給楚懷王，解釋為何要殺宋義，都是為國家服務。軍隊在外，楚懷王也無可奈何，只好把項羽封為上將軍，讓他繼續打仗。由此可見，項羽並不是有勇無謀的大花臉，他也會靠智謀做事的。

## 3.3 項羽「破釜沉舟」與劉邦逃出「鴻門宴」

要講項羽的生平，相信大家都聽過項羽「破釜沉舟」和「鴻門宴」，認為自己都很了解。先說「鴻門宴」，大家都說項羽本來要殺劉邦，一時心軟沒下手，結果劉邦借尿遁逃跑了。其實，項羽當日放走劉邦，是由於多方面因素的客觀考慮，並不是因為婦人之仁。

而「破釜沉舟」也沒那麼簡單，當日，項羽殺了上司宋義，自己要求楚懷王封他為上將軍，手上其實只有四萬人，要去救趙，就要挑戰三十萬秦軍。這時候，項羽殺了宋義，也的確無路可退了。另外，他還有幾個問題，對面幾個將軍都和他有仇，一是帶著二十萬人的章邯，章邯殺了項羽的伯父項梁，項羽可是項梁養大的，相等於老爸了；二是帶著十萬人的王離，名將王翦的孫兒，而王翦成名，正是由於殺了項燕，項羽的爺爺。你爺爺殺了我爺爺，現在我們又要打仗。項羽想著要報仇，王離就希望殺了項羽，讓自己一戰成名。

第三個問題是，項羽的軍隊是南方人，要到北方打仗，加上等了四十多天，糧食短缺，勝算已經不高了。而且，章邯那一隊軍隊，據說有一半都是窮兇極惡的盜匪，甚至是吃人肉的，被章邯招攬，項羽的軍隊只是普通的子弟兵。但項羽知道，自己必須要出奇制勝，最好是先打一場像樣的小戰役，贏點士氣。

幸好，章邯和王離兩軍是分開的，有少量軍隊守在甬道上。項羽派兩萬人去攻擊守衛最弱的地方，秦軍的主力都在左右兩邊，項羽成功打開了甬道中間的一個缺口，一來增強了己方的士氣，二來也令北方諸侯驚喜。趙國有個叫陳餘的人就過來要求合作，項羽就這樣取得了與北方諸侯的聯繫，這是很重要的，項羽四萬兵總沒有可能打贏，但北方人多，不打也能干擾秦軍。項羽要求諸侯引開王離，王離也真的乖乖跟著走了。

接著就是「破釜沉舟」，項羽下令，讓士兵天亮時把軍糧吃光，把船弄沉，飯鍋都打破了，等於沒有回頭路，接著就去攻擊王離的十萬軍隊。項羽說了三句話，首先：「打仗打這麼久，贏一次就夠了。」為大家燃起希望；然後又說：「如果我們輸了，回去也沒意義。」就是沒有退路了，只有打勝仗才可以生存下去；最後，表明自己的決心：「這次打仗，如果任何人看見我項羽退後一步，就馬上殺了我。」

這很厲害！在二千多年前，他已經掌握了心理策動的竅門，分析他出師演說，其實十分科學化！

王離雖然有十萬人，但他的軍隊都是步兵，正在向北走，就等於背向項羽了。項羽率軍拚命追殺，加上項羽軍對秦軍也真的有仇恨，在「破釜沉舟」之後，又造出了一個新成語「以一擋十」，就是形容項羽軍的武勇。項羽得勝，俘虜了王離，連諸侯的軍隊，作為同盟，遠遠看見也生出害怕之心。

接著就輪到章邯，章邯有二十萬人，項羽則有士氣，雙方都猶豫該不該開戰。章邯就派手下司馬欣回去皇帝那邊匯報，司馬欣回到咸陽城，見趙高專政，政治混亂，就回去告訴章邯：「你打輸了要殺頭，打贏了又被趙高嫉妒，都是死路一條啊。」

章邯就打算投降，派人與項羽和談，他恃著自己有二十萬軍隊，提出了很多條件。項羽嫌章邯叫價太高，不肯接受，雙方又打了幾場，不分勝負，但現在章邯心急，項羽得到北方諸侯支援，倒是不急了。章邯無奈，只好什麼都不要，就這樣投降了，成為了項羽手下的大官。

這一仗，項羽摧毀了秦朝最重要的軍隊，先清剿王離的十萬軍隊，再從章邯手上接過的二十萬大軍，加上從北方諸侯招攬來的士兵，項羽總共有四十萬軍隊。四萬人出去，四十萬人回來，形勢突變，由散兵游勇，變成全國的主力都集中在項羽手上了。

至於劉邦，之前接到楚懷王的命令，要去做 PR，從彭城到咸陽，希望用他仁德的名聲，令百姓歸順。這份工作可比項羽舒服多了。楚懷王與諸侯約定「先入關中者為王」，誰能先入咸陽，就可以當關中王。劉邦人在關中，趙高又不爭氣，輕輕鬆鬆就入咸陽了；項羽要打完勝仗再回來，怎也不及劉邦快。劉邦只是個好色貪財的普通人，突然掌管咸陽，看看阿房宮如此華麗，財寶美女數之不盡。當年秦始皇出遊，劉邦遠遠看見，曾經感慨過：「大丈夫當如是也。」做人做到這個地步，就不枉此生了。現在劉邦居然真的有這個機會，當然想享受一下。

可是，劉邦有個手下叫樊噲，跳出來說：「秦國就是因為這些財寶亡國的，如果你想打天下，可不能要這些『晦氣之物』。」樊噲叫劉邦「靜觀其變」，劉邦當然不爽，張良又加一句「良藥苦口利於病」，雖然你不高興，但這事是對你有好處的。劉邦只好接受。

這時候，有些小人跳出來說：「項羽招降章邯後，把封為『雍王』，『雍』就是關中嘛，即是暗示要讓章邯做關中王，那劉邦可就沒份了。」劉邦很不滿，難道這些財寶會被別人搶走？他也不和張良商量一下，就私下鎖上函谷關的大門，派軍隊駐守，打算不讓項羽入關。這件事其實很傻的，項羽有四十萬大軍，劉邦只有幾萬人，又多是老弱殘兵，如果項羽要強攻，哪裡擋得住？而且，劉邦還要瞞著張良，分明是打算偷偷躲起來，能享受就享受嘛。

項羽來到，門怎麼鎖了？項羽很生氣，馬上派兵攻打，很容易就贏了，入關後在一個叫鴻門的地方駐紮，明天早上就要攻打劉邦了。范增也支持打劉邦：「劉邦是一個貪財好色之徒，現在忽然不貪錢不貪色，即是說『其志不在小』，他有很大的圖謀。」而且范增派過人去看劉邦，「吾令人望其氣，皆為龍虎，成五采，此天子氣也，急擊勿失」，看見劉邦身上有天子之氣，一定要馬上攻打。

劉邦的左司馬曹無傷見項羽勢大，就想叛變，跑來跟項羽告狀，說了三件事，都是死罪：「劉邦想當關中王耶，他把所有的珠寶拿光了，還立了子嬰為相。」子嬰是秦朝的第三個皇帝，只幹了四十幾天，就被人趕下皇位了。事實上，劉邦的確想當關中王，但他沒拿珠寶，也沒立子嬰為相，他只是沒有當場殺子嬰而已。

不管怎麼說，項羽也打算攻打劉邦了。看《鴻門宴》的時候，大家可能覺得很奇怪，項羽四十萬人，打劉邦十萬人，絕對是贏定了。為啥要費這麼多功夫去刺殺劉邦？

原來，那一晚，有一個神祕人出現，他叫項伯，這位老人家一直沒在歷史舞台上出現，忽然這一晚橫空出世，是項羽的伯伯。他年輕時被張良救過，現在想報恩，就連夜去找張良：「明天一早，項羽就要來打劉邦了，你趕緊跑吧。」張良說：「我救過你，你想救我，這當然是好，但劉邦也對我有恩，我必須要救劉邦。」

於是兩人一起去見劉邦，劉邦也是機靈，馬上拍項伯的馬屁：「我聽說你有個兒子，絕對是英才，恰巧我也有個美麗的女兒，不如我倆當兒女親家吧。」第一次見面，就把女兒嫁給你的兒子？因為劉邦認為，項伯可以救他，就透過結親拉關係，再叫項伯幫他說服項羽：「如果我有異心，我就跑掉了。守門的士兵本來是用來防賊的，可不是用來防項羽，都怪我的士兵太笨，居然和項羽打起來，一切都是誤會。」

項伯居然被劉邦騙倒了，項伯這人簡直是生出來害項羽的，如果沒有他，項羽直接打倒劉邦，就沒有之後的故事了。於是項伯回去說服項羽，說曹無傷才是壞人。這時候就是項伯與范增之爭了，范增說殺劉邦，項伯說不要殺，兩個人都是長輩，項羽夾在中間，其實是傾向不殺的，畢竟劉邦曾經是他的戰友，而且項羽本來就被人說殘暴了，他更加不想增添這種負面名聲。

第二天早上，劉邦帶著張良和幾個隨從，分明不是來打架的，和和氣氣地找項羽吃飯：「將軍你在北邊打，臣在南邊打」，先放低身份，自稱為臣，尊稱項羽為將軍。「然不自意能先入關破秦，得復見將軍于此」．不知道為什麼，我居然先進關中了，很高興能遇見將軍。「今者有小人之言，令將軍與臣有郤」，現在有小人進讒言，讓我們產生了誤會。

第一句分清尊卑，第二句說自己一點也不厲害，項羽才厲害，第三句給項羽一個下台階，我知道不是你要來打我的，都是小人的錯。於是兩人開開心心地飲酒，史稱「鴻門宴」。不少人以為鴻門宴是項羽想殺劉邦，但劉邦若不肯來，又怎會有宴？

范增心知項羽改變主意了，不斷向項羽示意，叫他殺劉邦，項羽視若無睹。范增就叫手下項莊出來舞劍，想趁機殺掉劉邦。

項伯見劉邦有危險，也出來舞劍，但項伯畢竟年老，支撐不了很久。張良馬上叫武將樊噲進來，拿盾牌頂住。

樊噲把項羽罵得狗血淋頭：「以前你和我主公劉邦一起打天下，現在你找人來刺殺我主公？」老實說，如果項羽想殺劉邦，這時候已經有很好的理由了，但項羽沒有動手，反而解釋：「項莊不是刺殺，只是表演而已。」

劉邦嚇得腳都軟了，和張良一起去廁所，叫張良回去幫自己告辭，馬上就走了。項羽既沒有追劉邦，也沒有捉張良做人質，劉邦沒死的理由，只是因為項羽沒起殺心，以為劉邦不是敵人。

自鴻門宴之後，項羽開始不聽范增的話，身邊又沒有其他同級的謀臣。劉邦卻知道自己不聰明，招攬了蕭何、韓信等一堆謀士，並且接納他們的意見，故此，雖然項羽聰明絕頂，但終究是一個人，以一人之力和劉邦集團式經營鬥智鬥力，豈能不輸。

## 3.4 項羽虛榮心 vs 劉邦忍耐力

鴻門宴後，項羽與劉邦重歸於好，項羽就問劉邦要子嬰，劉邦不敢不給。項羽起兵，其實是為楚國復仇，楚國被秦國所滅，現在項羽當權，當然要殺了子嬰來復仇，還一把火燒了秦國的阿房宮。

報仇之後，項羽應該做什麼？

現代人肯定認為，他應該在咸陽登基做皇帝，反正天下諸侯都臣服了。可是項羽覺得，「富貴不歸故鄉，如衣繡夜行，誰知之」，我這麼厲害，一定要回鄉炫耀！說穿了，就是虛榮心比野心大！若說虛榮，項羽絕對可稱之為老祖宗，連「錦衣夜行」這種成語也創造出來了，那種虛榮者內心世界的描繪，可謂有形有色！

先當皇帝再回鄉不成嗎？其實，項羽本來沒想過當皇帝，他起兵只是想推翻秦國，為家族報仇，現在已經完成了人生目標，如果他是一個小說裡面的男主角，這個時候應該是完滿結局了，可惜，歷史沒有結局這回事，他的故事還要說下去。

謀士們都勸他別回鄉，留在關中。關中被稱為「百二秦關」，一百萬人來攻，兩萬人就能守住，易守難攻，很適合做首都。其中一個叫韓生的謀士，屢勸項羽而不成，忍不住罵他「沐猴而冠」，意思說項羽只是一隻猴子，洗完澡戴上冠，就覺得自己很厲害了，即是說項羽像猴子一樣笨。項羽一怒之下，就煮了韓生來吃。

但是，事後項羽卻沒回鄉，韓生死得太冤枉了，如果他沒說「沐猴而冠」，應該就是功臣了，所以說，做人積些口德，總是好事。項羽沒回鄉，是因為他回到楚國，就要繼續當楚懷王的臣子，這一點，令項羽很糾結。於是他寫了封信給楚懷王：「我可不可以當關中王？」

楚懷王沒正面回答，只答了兩個字：「如約。」如原本的約定般實行吧，即是「先入關中者為王」的約定，但先入關中的是劉邦，「如約」的話，就沒項羽的份了，等於拒絕了項羽。

其實，楚懷王知道，自己的勢力及不上項羽，只要項羽動手，自己就死定了，這一點，後世的學者很推崇，認為是對承諾認真的好榜樣。但項羽仍然覺得自己是一個將軍，於是他就召集諸侯開會，第一件事是「廢約」，提出楚懷王沒有任何功勞，不配做皇帝；第二件事就是分天下，有功的諸侯有十八人，裂土封侯，項羽就是這樣自封為「西楚霸王」的。

事到如今，他依然未想到可以做皇帝，佔據整個天下，而是封個王就知足了。項羽做得最笨的事，就是分天下，一分十八份，又怎可能做到人人滿意？矛盾就自然產生了。而且項羽把關中這塊肥豬肉，分給原本秦國的三個大將軍，稱為「三秦」，其中就包括投降於他的章邯。項羽覺得當地人自治，能更有效地管治關中。這個想法很有道理，但諸侯們當然不服氣。

最重要的問題來了，劉邦封在哪裡？劉邦也頗有功勞，項羽卻把劉邦封到荒僻的巴蜀。劉邦不服氣，幾乎想攻打項羽，只是身邊的謀臣勸住他，說現在的勢力不及項羽，應該到巴蜀慢慢發展，總有機會再打贏三秦，奪回關中。劉邦忍住這口氣，接受了這個建議，相反，同樣是被謀士勸說，項羽就把韓生煮了。

可是，問題來了。巴蜀那麼偏遠，入蜀後再出來就很麻煩。這時候，張良就幫了很大的忙。話說張良雖然幫劉邦，但他原本的目標是想復興韓國，現在大局已定，他想辭職回去幫韓王。劉邦沒阻止他，送了他很多金銀珠寶。張良也沒花這些珠寶，而是轉送給項伯，叫他勸項羽給劉邦多封一塊地，就封在漢中吧，漢中與巴蜀接近，地勢又相對好一點，也方便劉邦休養生息。

項梁勸說後，項羽也真的答應了。項羽不是壞人，他覺得自己與劉邦一起打天下，現在自己猜忌劉邦，劉邦卻沒有反意，也該給劉邦好一點的待遇，於是就把劉邦分封於漢中，漢朝的「漢」就是因為劉邦發跡於漢中。

項羽劉邦二人繼續交往，劉邦表現得很坦誠，項羽叫他去哪裡他就去哪裡。項羽見狀，愈發愧疚，覺得自己實在不夠兄弟，於是，又送了三萬兵給劉邦；還是覺得差了一點，又下了一個命令，去幫劉邦開發荒野的人有賞，於是就有很多人去幫忙開墾漢中了。現代人就最清楚了，搞生意最要緊的是吃政策，政治風吹向劉派，人才與資源自然向那邊靠攏。

當時有「漢初三傑」的說法，就是指蕭何、張良和韓信，有「內事問蕭何，外事問張良，軍事問韓信」的說法。蕭何張良已經出場了，這時候，張良轉了工去匡扶韓王，但韓信目前還是個「郎中」，類似保安隊長的小官，在項羽身邊，與劉邦沒啥關係。

不過，韓信有智謀，不想埋沒自己的天份，常常獻計給項羽，但項羽本身更聰明，就不喜歡聽別人的意見，愈來愈覺得韓信嘮叨。韓信被人嫌棄，愈發灰心，現在項羽推出政策要幫劉邦，他就提出要去幫劉邦。項羽也樂得順手推舟，把韓信送給劉邦。

項羽當然無法預測，到了後來，韓信的軍事勢力發展到一個獨當一面的地步，可以左右戰局，即是說，他幫劉邦就劉邦贏，幫項羽就項羽贏。到了這時候，項羽寫信給韓信，企圖以舊日的賓主情份，要求他幫自己。韓信卻覺得，項羽以前對自己不好，而劉邦和自己去荒僻的地方時，「衣我以其衣，食我以其食」，衣食都和我一樣，把我當成好兄弟，所以我必須要幫劉邦。而韓信與劉邦結交，就是因為當日項羽的決定，也明顯，這個決定與才智無關，而是因為他和韓信是賓主，劉邦卻是兄弟。

而張良呢？他現在去了幫韓王，韓王本來就在項羽的陣營，順理成章，也能讓張良過來幫自己。但項羽不喜歡韓王，把韓王由「王」降級為「侯」。韓王被降級，當然不高興，說了一些晦氣話，項羽一怒之下，就殺了韓王。張良的祖先在韓國當了五代的宰相，現在他本想復興韓國，但韓王都死了，他只好回老巢，只是兜了一圈，又回到劉邦身邊。

除了漢初三傑，還有個陳平。項羽當年遇到陳平，覺得陳平長得帥又會說話，就把陳平封為「都尉」，一出場就封高官，但幹了很久，也沒啥建樹。恰巧項羽要對付叛變的司馬欣，就把陳平派出去打仗，陳平很快就打贏了。項羽高高興興地大宴羣臣：「看我多有眼光，選中了陳平。」

過了幾天，司馬欣又再叛變。項羽開始懷疑陳平了，你不是打贏了他嗎？為啥他又叛變了？陳平說：「沒關係，我再去打他一遍就成了。」項羽的英雄虛榮心又來了，覺得最厲害的還是自己，親自領兵去降服了司馬欣，大老爺是無敵將軍西楚霸王嘛，當然是馬到成功，但，他就此疏遠陳平，覺得陳平沒他想像中那麼厲害。

其實，陳平只是負責打仗，打贏後人家叛變與否，是管治的問題，不關他的事啊。陳平卻因此被冷落，的確有點委屈，故此，就索性轉而投向劉邦。後來就是這位陳平老兄，使出歷史有名的「反間計」，利用項羽的使臣，離間項羽與他的第一謀臣（可能也是唯一）范增。劉邦早就聽聞陳平的名聲，再把陳平封為「都尉」，官職和之前一樣，但劉邦這邊資源不足，薪水沒有以前高啊。劉邦就說：「既然如此，以後我坐什麼車，你就坐什麼車。」劉邦這招有效，也經常使用，可能他那輛車的容量非一般，不過，更有可能的是他喜歡超載！

陳平得到這麼好的待遇，劉邦的其他臣子很嫉妒，就說陳平「為臣不忠，為官不廉，為人不德」。陳平當然不忠，原本他幫魏國，之後幫項羽，現在又幫劉邦，轉工轉得太多了；為官不廉，一來到劉邦手下，就接受了別人的送禮；為人不德是說他「盜嫂」，與自己的嫂子有染。

陳平被這麼多臣子攻擊，正常老闆都會暫時冷落他，但劉邦卻把事情擺出來，告訴陳平，大家用這三條罪狀攻擊你，你有什麼話要說？在現代眼光來看，這也是非常文明的處理方法，無論如何，給你一個發聲的機會。陳平先答，轉工是「良禽擇木而棲」，很正常嘛；至於送禮，是別人主動要送給我啊，我若拒絕，關係豈不是更差，之前我在項羽處離職時，也把項羽給的金銀財寶拿封條封住，什麼也沒拿，稱為「封金掛印」，證明我不是貪錢的，何況你這裡的俸祿的確沒從前那麼好，我也要補貼補貼吧。

說完這兩件事，劉邦就說：「你既然這麼坦然，為人德不德我就不討論了。」後人有討論，到底「陳平盜嫂」有無此事。

關於這一點，有一個說法，供大家參考參考，據說，陳平與哥哥的關係很好，哥哥一直鼓勵他讀書，不用工作，廿多歲人也沒工作，嫂子很不滿，和哥哥吵架，嫂子一怒之下就離開了。陳平覺得對不起哥哥，就決定出去工作。同一天裡，陳平與嫂嫂從那個村子中消失了，所以有人傳言他倆有染。但此事真假，現在當然不得而知。

陳平的私事難辨真假，項羽的心思卻比較明顯，他根本不在乎身邊有沒有助手智囊。首先，他不覺得自己失去了張良，因為他根本不知道張良可以是自己的助力；不覺得失去韓信有問題，怎料到韓信將來會有大勢力；甚至他不覺得陳平有作用。假如這些厲害人物一直在項羽身邊，項羽沒可能會輸。問題在於，項羽一直覺得自己很強，所以不願接受別人的意見。

於是，項羽先殺了楚懷王。這時候，諸侯們也開始反叛了，項羽就殺了北邊的田榮，那邊廂，趙國和齊國又叛變了，項羽一點也不害怕，不就是打仗嘛，我最厲害了。韓信對劉邦說：「好機會，趁項羽分身不暇，我們就可以攻打他的地盤了。」

劉邦先攻下三秦的關中，關中不是易守難攻嗎？為何這麼容易被攻下了？這就涉及「明修棧道，暗渡陳倉」的故事了。之前棧道被燒掉了，大家都以為劉邦沒法回來，韓信就派人假裝整修棧道，使章邯誤以為劉邦要從此道出兵，加緊調派人手防禦。然後韓信率大沿陳倉的小道來攻，很快就佔領了關中。

三秦投降，劉邦的人馬迅速壯大至五十六萬，就去打項羽的家鄉彭城。而這時候，項羽率大軍在齊國打仗，他聽聞此事，也沒有在意，他覺得劉邦不太厲害，而且劉邦的封地很遠，應該沒那麼快打上門。

這不是遠近的問題，是路上沒人阻擋劉邦。到項羽下一次收到消息時，劉邦已經攻佔了彭城。項羽大驚，但大軍不能退後，不然會被齊國追擊，於是項羽自己率三萬人馬，回頭搶回彭城。

三萬打贏五十六萬，所以說，項羽始終是最厲害的。劉邦能逃得性命，只是因為突然間打大風，沙塵滾滾，才讓劉邦逃回關中，造成楚漢對峙的局面。故此，項羽在大敗之時，說自己之所以敗，「非戰之罪」，而是「天亡我也」，也的確有所根據。

閉出漢宮時淚濕春風
顧影実顏色尚得君王不
卻怪丹青手入眼平生幾曾
畫不成當時枉殺毛延壽一去
侍婢暗可憐着盡年漢衣寄
帰深人生樂垂淚只有年宮鴻雁
可憐青家已在相知心傳消息
哀弦留至今燕後尚有莫相憶
人卻回首漢恩自淺胡
咫尺長門閉阿嬌
飛鴻勸胡酒漢宮意無南
黃金桿撥春風手明妃

# 人生谷底的爆發力

# 韓信

從胯下辱到戰神，功高震主，
終成兔死狗烹的悲劇。

# 韓信：人生谷底的爆發力

楚漢相爭時，韓信夾在中間，地方不少，兵力比劉邦多，帶兵打仗的能力也比劉邦強（比項羽還差一點）。即是說，如果韓信不幫劉邦，「三國」的故事是會早幾百年出現的。韓信本來是一個落泊貴族，但傳到他這一代，已經沒有任何財富可以享用了。小時候又窮又被歧視，現在闖下一番功業，衣錦還鄉，他已經滿足了，也沒想著當皇帝，加上他以為劉邦對自己好，就投向了劉邦。

劉邦登基後，怕韓信功高蓋主，把他貶了兩次官，本來也沒想著殺他。有一次，韓信的朋友陳豨在鉅鹿造反，韓信被貶了官，心中不忿，琢磨著是否應幫陳豨。這時候劉邦帶兵攻打陳豨，後防空虛，韓信想把牢中的囚犯放出來，令自己有兵馬可用，裡應外合，幫陳豨打贏劉邦。但是，韓信只是部署，還來不及實行。而劉邦的老婆呂后、副手蕭何都在城中，蕭何不擅帶兵，也不算極聰明，卻是一個很好的管家，擔任丞相。蕭何和韓信是好朋友，他知道韓信的部署後，就和呂后密謀，打算引韓信過來捉住他。

於是，蕭何對韓信說：「劉邦的軍隊在鉅鹿一下子就打贏了！我們一起去皇宮慶祝吧，大伙兒都會來啊。」那時的通訊系統很差，韓信沒辦法分辨消息的真假。那段時間，韓信一直在裝病，蕭何則說「雖疾強入賀」，不准請病假！

韓信一入長樂宮（呂后的宮殿），馬上被捉住了，而且要誅三族，父、母、妻的親戚都要被殺，他自己還要經「五刑」而死，又要斬鼻子又要斬腳趾再處死。劉邦回來後，才知道韓信已經死了，他「且喜且憐之」，又開心又有點惋惜。劉邦與韓信關係曾經很好，之前韓信肯幫劉邦，就是因為劉邦出入和他坐同一架車，飯就一起吃，連他不夠衣服穿，劉邦也把自己的衣服送給他。

這是劉邦收買人心的方法，用朋友而非上司的方法對待下屬。雖然如此，相處久了，總會有點感情。於是他問呂后：「韓信死前有什麼話說？」呂后答：「他只說了一句話：『吾悔不用蒯通之計，乃為女子所詐，豈非天哉！』」很後悔沒有用蒯通的計謀，反而被女人算計了，一定是天意。這說法和項羽很像，臨死前也不承認是自己的失誤，歸究於天意。

後世稱讚韓信，認為如果沒有韓信，劉邦沒可能打贏項羽。但與此同時，後世也常常笑韓信短命，有說指他 36 歲死，有說指他 38 歲死。

### 象棋是韓信發明的？

話說象棋每邊三十六格，中間那條是楚河漢界，正是項劉議和後的分界。議和之後，兩邊軍隊怎麼擺放，就是當年韓信所定的。韓信臨死前，人在監獄，想寫本兵書留傳後世，但呂后不讓他寫東西，紙也不給他。韓信哀求獄卒，獄卒也不肯冒險，只說：「不如你教我兵法，我幫你傳揚出去吧。」韓信覺得，一時半會沒可能教懂這獄卒，就創作了象棋，用來教獄卒兵法。

有人說，看韓信的面相，應該有八十歲，短命了這麼多，是因為他做了太多有損陰騭的事，民間傳說共有五件。

第一件是韓信小時候沒錢買東西吃，看見其他小朋友有核桃吃，他就想了個方法，叫大家來玩遊戲。他找了個石磨，讓大家把核桃放在上面轉，石磨中間有洞，核桃轉著轉著就掉進洞裡去了。大家玩著玩著，核桃都掉光了，就一哄而散。韓信再灌水進洞裡，核桃浮起來，他就有核桃吃了。這確實是一個小騙子的行逕，只能說他狡猾，但也不致於要折壽吧。

第二件事是說韓信少年時去放羊，在草原上睡覺，夢見兩個仙人對話：「這裡是一個風水寶地，如果把先人的屍骨葬在這裡，後代就能封侯拜相了，不過沒有人知道。」韓信知道了這個祕密，回家後琢磨，老爸不知葬在哪兒，老媽還活著，有什麼辦法？他就騙媽媽剪下一些頭髮、腳甲，葬在那個地方。在古人眼中，這種行為是很不道德的，但現代人可能覺得沒什麼大礙。

第三件事就嚴重一點了，說韓信被項羽追殺，他要逃到漢中找劉邦。半路發現一條三岔路，不知該怎麼走，就問路過的樵夫，樵夫向他指了路。韓信上馬走了兩步，仔細想一想，既然我能向樵夫問路，樵夫輕易地告訴我，一會項羽追到這裡，也很容易向他問路，然後繼續追殺我啊。於是，韓信就回頭，一劍殺了樵夫，免除後顧之憂。人家明明幫了他一把，他卻恩將仇報，確實很過份。

第四件事繼續是項羽追殺，韓信一路逃跑，逃到晚上，進了一個森林，忽然覺得有暖洋洋的液體流下來，滴濕了自己的脖子，抬頭一看，原來有個小孩在樹上撒尿，尿滴到他的頭上了。正常人會罵那個小朋友，韓信卻拿出一個銅錢，和顏悅色地對小朋友說：「你做得很好，尿得很準，可是我錢少，只能給你一個銅錢作獎勵，接下來有個錦衣華服的人路過，你再尿在他頭上，他會給你整整一貫錢的。」

到項羽追過來，小朋友當然已經灌了兩碗水下肚，做好準備了，馬上尿到項羽頭上。項羽為人暴躁，馬上就斬死了小朋友。這就幫了韓信一把，項羽殺小朋友時，總要花費一點時間的，但韓信是否因為那點時間而逃脫？又或者說，是否應該為那點時間，而害死一條人命？這就被人詬病了。

去到第五件事，韓信與項羽打仗，有些戰略大家是覺得合理的，例如「四面楚歌」，晚上找人唱楚國的歌，令項羽手下以為楚國已經被滅了，俘虜在軍營唱歌，所以軍心渙散。這和韓信被殺時的點子是一樣的，利用資訊不發達，製造假象。這算是正常的戰略，本來沒有大問題，但有一件事大家就覺得過份了。

話說項羽兵敗後逃亡，途中看見一棵樹，寫著「項羽自刎於此」，初時以為是有人寫來騙他，仔細一看，原來是螞蟻在樹上爬，組成了這個字。現代人當然想得到，是韓信用蜜糖寫字，引螞蟻在上面爬，但項羽是想像不到的，加上古代人有些迷信，就以為是上天的啟示，所以最後沒有逃到江東，而是自盡了。後人評價說韓信的計謀很毒，不止要打贏，還要令對手沒有翻身的機會。不過，這些故事是真是假，現在已經沒人知道了。

韓信臨死前，曾經說後悔不用「蒯通之計」，蒯通是韓信手下的謀士。韓信雖然擅於打仗，但也需要一些謀士幫忙，之前韓信打齊國，取得七十二座城池，才當上了齊王，就是用蒯通的計策。

蒯通是「范陽辯士」，那時貴族有四個等級，天子、諸侯、大夫和士，天子、諸侯和大夫都有封地，士卻沒有，要靠自身的技能，擅武的叫武士，擅文的叫文士，口齒伶俐的就是辯士。

韓信當上齊王後，很多人來勸說他，其中一個叫武涉，是項羽派來的，他說：「當今二王之事，權在足下。」現在楚漢相爭，你幫哪一邊，那邊就贏了。武涉就勸項羽兩不相幫，自己當皇帝算了。依照當時形勢，如果韓信兩不相幫，項羽就很大機會能贏。韓信沒有理會武涉，畢竟武涉是項羽的手下嘛。

下一個來勸說的是蒯通，蒯通幫韓信打下七十二座城池之餘，還幫韓信看過相，說：「相君之面，不過封侯。」看你的面相，你最了不起也只是封侯，而韓信死時確實是侯，本來被封王，後來被降了兩級，變成了侯。接著是「相君之背，貴不可言」，看你的背面，又貴不可言，即是勸韓信獨立起來，與項劉三分天下。

韓信很猶豫，蒯通就說：「猛虎猶豫，攻擊力還及不上蜜蜂一螫哩。天予弗取，反受其咎。」天給你的東西，你不要，反而會遭難。

韓信回答：「乘人之車者載人之患，衣人之衣者懷人之憂，食人之食者死人之事。」我乘了劉邦的車子、穿了他的衣服、吃了他的東西，就應該幫助他。

不過，事實上，韓信也沒那麼聽話。話說他去攻打齊國的田廣時，劉邦見還未打贏，就派了酈食其去勸田廣歸順，勸說成功，田廣就不打了。韓信琢磨，如果就這樣停戰，我豈不是沒有任何功勞？就在田廣軍隊回師，以為停戰而鬆懈時，就把他們殺光了。

韓信說：「為了平定這個地方，我就要在這裡當王了。」然後寫了封信給劉邦，要自封為「假齊王」，即是代理齊王。劉邦很生氣，那時他還在和項羽打仗，正等著韓信回來救他哩，他就大罵韓信。張良勸說：「你正在面臨項羽，是不夠兵力打韓信的。」劉邦立刻醒悟，改口說：「大丈夫定諸侯，即為真王耳，何以假為！」你打贏了，應該當真王，不用當「假齊王」嘛。

當然，劉邦平定天下後，就慢慢貶韓信的爵位，由齊王貶做楚王，楚王再貶做准陰侯。

## 韓信是成語生成的中心

劉邦善於納諫，很喜歡召韓信來說話，有一次他問韓信：「你覺得我帶兵可以帶多少人。」韓信答：「可以帶十萬人。」劉邦問：「你呢？」韓信答：「多多益善。」

劉邦當然不服氣，為何你帶兵多多益善，我卻有上限？韓信解釋：「你厲害嘛，你『將將而不將兵』，你帶的都是將軍，我帶的卻是普通士兵，如果你自己來帶兵，就不是最強了。」這就是「多多益善」的由來，也可見韓信了解劉邦，知道他不會因此而生氣。

《史記》用幾個字就交代了韓信的背景：布衣、貧、好帶刀劍、無行。「布衣」即是沒有官職，官員是穿錦衣的、大家都以為「貧」即是貧窮，其實在古代，「貧」和「窮」是兩回事，貧是沒有工作，窮才是沒錢。那「好帶刀劍」是什麼？那時刀劍很珍貴，如果普通人有，多數是祖傳的，因此有人推斷，韓信祖上是貴族。

「無行」是沒有特別的德行，所以「不得推擇為吏」，韓信連低級公務員也當不上，只好「從人寄食飲，人多厭之者」，四處蹭吃蹭喝，人人都討厭。

當地有個南昌亭長，有點小錢，韓信就常到他家蹭吃蹭喝，亭長的老婆反感，又不好意思作聲。於是每天早上未天亮就煮好飯，一家人先吃完飯，結果韓信每次去到，亭長家都已經吃完飯了。來來往往幾次，韓信也猜到緣故了，一怒之下與亭長絕交。

他決定自己釣魚吃，卻不懂釣，乾脆跳下河捉魚，又捉不到。河邊有個洗衣服的漂母，看見韓信的行為，可憐他，請他吃了幾頓飯。漂母離開前，韓信說：「我將來一定會報答你！」漂母見他衣衫襤褸，也沒有放在心上。

當韓信回到市集時，就發生了「胯下之辱」。屠夫見他拿著刀，很是不屑：「有種你就刺我一刀，如果你不敢，就在我褲襠下爬過去吧。」韓信就在胯下爬了過去，成就了這個極具個人特色的成語。

遭逢亂世，韓信投靠項羽軍，項羽只任命他為侍衛長，卻不肯聽取他的好建議。後來韓信轉投劉邦，劉邦任命他為「連傲」，即是接待賓客的小官，總之是「不得其名」，沒人知他是韓信。

後來一羣人一起犯了事，要處斬，斬了十三個人，韓信是第十四個，監斬的是夏侯嬰，劉邦的車夫，很有地位。斬頭前，韓信突然說：「大王不是想做皇帝嗎？為何把人才殺掉？」夏侯嬰「奇其言，壯其貌，釋而不斬」，見韓信看似有點本領，就不殺他，帶他去見蕭何。

蕭何和韓信談了一會，發覺韓信很有見地，又給了他一個官職。這是韓信第一次被賞識，也是他命運的轉捩點。成語「成也蕭何，敗也蕭何」就是說這件事，最後把韓信騙到長樂宮殺死的，也是蕭何。

蕭何不斷引薦韓信，劉邦卻懶得見他。韓信心灰意冷，就離開了。那時恰好劉邦勢弱，經常有官員或將軍逃跑，因此聽聞韓信離開，也沒什麼大反應。蕭何卻很激動，連稟報都來不及，就跑出去追韓信，後來就有個故事叫「蕭何月下追韓信」。如此一來，劉邦以為蕭何也逃跑，蕭何是他的左右手嘛，劉邦茶飯不思了兩天。

兩天後，蕭何帶韓信回來見劉邦。劉邦一見，當然大罵他：「你去了哪裡？嚇死人了！」蕭何解釋是去追韓信，劉邦奇怪：「人人都不追，你去追一個我也不認識的官員？」蕭何回答，韓信是「國士無雙」（後來也成為了成語），國士已經很厲害了，韓信是國士中最強的一個。

劉邦說：「那麼厲害？那我把他封為將軍吧。」蕭何說：「不成，任命他為將軍，他也會離開的。」劉邦說：「難道把他封為大將軍？」蕭何馬上應下：「好！」劉邦無奈，只得說：「那你叫他來封官吧。」蕭何嘆氣：「你突然叫他來，隨隨便便封官，怎麼成？你要做四件事：擇吉日、齋戒、搭一座高壇，再按照儀式封他為大將軍。」

這麼多儀式，一眾官員都知道劉邦要封一個大將軍了，卻不知道封誰，四處打聽。結果一宣佈，是封韓信，大家都很驚訝，甚至不認識韓信哩。仔細想一想，這時劉邦還未見過韓信哩，只是憑蕭何的推薦，就封韓信為大將軍，可見「成也蕭何」有多麼重要。

封大將軍當天，劉邦終於見到韓信，當然要考考他：「你覺得我該怎樣管治國家？」韓信反問：「大王，你覺得自己比得上項羽嗎？」《史記》的記載是，「漢王默然良久，曰：『不如也！』」韓信馬上說：「恭喜大王，你知道自己不如項羽就行了，我能幫你打敗他，我打過項羽的工，知道他有兩大優點，同時也是他的兩大缺點。」

項羽的第一個優點是英勇善戰，正因為他善戰，他不懂用人才，被韓信評為「匹夫之勇」，這個成語就是由韓信創作的。

二是「恭敬仁慈」，項羽很喜歡扮仁慈，別人有危難，他會賞賜很多錢，但他內心很小氣，下屬立了功，他卻不願意封官，生怕把權力和兵權分出去。有次有個下屬立功，項羽給他雕了個印，代表要給他兵權。項羽把印握在手裡，愈想愈不捨得，揉來揉去，結果四方形的印被揉得四個角都圓了，還未賞賜出去。韓信評為「婦人之仁」，很多我們現在用的成語，都是從韓信而來的。

韓信說：「除了利用這兩個弱點外，現在關中由三個秦國的將軍看守，項羽的本意是秦人管治秦地，他卻不知道，秦人很討厭這三個投降項羽的將軍。因此我們只要放出消息，關中人民就會反抗這三個將軍，投靠我們，很容易奪得關中。」韓信分析了一輪，劉邦心服口服。

後來韓信自己打下齊國，當上了齊王。劉邦平定天下後，就意識到韓信的功勞太大了，對自己有威脅，開始猜疑韓信，「功高蓋主」就是這樣來的。於是劉邦把韓信由「齊王」轉為「楚王」，都是王，有啥分別？原來，楚國的封地很少軍隊，不過韓信覺得很開心，因為楚國是他的家鄉。

韓信名成利就，第一件事當然是報答漂母的恩情，給了她千兩黃金，所以有個成語叫「一飯之恩」。另外還有個南昌亭長，老實說，南昌亭長請他吃了更多頓飯，可是韓信只給了他八錢銀子。因為韓信覺得，南昌亭長做好事沒有做到底，還要想方法作弄他，所以報恩不用報那麼多。

接下來，就輪到那個讓韓信受胯下之辱的無賴了。無賴聽聞韓信當上了王，當然害怕韓信找他報復。誰知韓信卻說：「當天我拿著劍，如果想殺你，就已經把你殺掉了。」更把無賴封官，宣稱胯下之辱令他發奮圖強，要感激無賴。這也是事實，韓信常常不擇手段向上爬，原因就是他覺得人生去到最低谷，沒什麼好害怕。

而韓信現在去到人生的高峰，就沒有這個心態了。例如有一次，有人誣告韓信謀反，劉邦很開心，認為有藉口攻打韓信了。陳平等人連忙阻止：「雖然韓信的軍隊少了，但你不一定夠他打啊，你起兵攻打，反而逼他自立為帝。」

於是他們就想了一個方法，劉邦南巡，要來韓信家中。韓信惶惶不安，皇帝是不是要來對付我，抑或只是來探望我？為什麼韓信這麼害怕？原來，他有個同鄉叫鍾離昧，曾是項羽的大將軍，幾次打贏劉邦，後來仗著同鄉之情投靠韓信，被韓信收留。韓信怕劉邦因此懲罰自己，就先一步殺了鍾離昧，把人頭送給劉邦。

本來，劉邦如果殺韓信，誅殺功臣，是會被天下人指責的，但現在韓信賣友求榮，即使殺他都沒人指責了。而且韓信此舉是討好獻媚，本來他與劉邦平起平坐，皇帝與開國功臣，等於好兄弟的身份。現在韓信猜測劉邦的喜好，在劉邦沒有要求的情況下，殺了鍾離昧，氣勢就低了一截。

結果，劉邦收下鍾離昧的人頭，順道綁起韓信，捉了回去。這時候劉邦是可以殺韓信的，但他沒有捉住韓信謀反的證據，也捨不得殺韓信，就搞大赦天下，順道赦免了韓信。韓信無罪釋放，沒理由讓他當回楚王，就把韓信封為准陰侯。准陰是韓信的家鄉，劉邦依然不放心，不肯放他去准陰，而是把他留在京城，放在眼皮子底下監視。

自此，韓信稱病不朝，不再管公務了。有一次，韓信游說陳豨造反：「你去鉅鹿當鉅鹿郡守，一定有人不服氣。第一次誣告你，皇帝不聽；第二次，皇帝將信將疑；第三次就難免相信了，不如你乾脆造反吧。」當日韓信沒有造反，結果淪落到這個地步，他也是把自身的經驗傳授給陳豨，還答應陳豨，他會幫忙裡應外合。結果陳豨造反，很快被劉邦平定了，韓信也被呂后捉起殺掉。

韓信臨死前，大叫說：「很後悔沒聽蒯通的話去造反啊。」仔細想一想，他是否有意害蒯通？本來誰也不認識蒯通，即使誅韓信三族，也只是殺韓信的親戚，不會殺他的部下。現在韓信把蒯通捅出來，等於宣佈是蒯通叫我謀反的。

劉邦當然捉起蒯通，審問他到底對韓信說了什麼。蒯通說：「如果韓信聽了我的話，今天就輪不到你來審問我了。」劉邦一怒之下，命人煮了蒯通來吃。蒯通大叫「冤枉」，劉邦很奇怪，你自己也承認唆使韓信造反了。

蒯通解釋：「秦失其鹿，天下共逐之，於是高材疾足者先得焉。」秦朝失去統治地位，天下英雄都在爭奪，是公平競爭嘛。而我在韓信手下打工，只有他是我的上司，我當然為他的利益著想，提出三分天下的計策，只是他沒有聽我說。而我現在才認識你，劉邦啊。這個說法很合理，不過，一般皇帝是不會聽的，劉邦卻放過了蒯通。

韓信落魄時，天不怕地不怕，什麼都肯拚搏。到他當上了王，智慧仍在，卻失去了無懼的決心，很怕失去現有的地位，連皇帝經過門後也要討好。

有很多成語都是因韓信而來，包括「置之死地而後生」、「明修棧道，暗渡陳倉」是韓信想出來的點子、「獨當一面」是張良介紹韓信時說的。另外還有「推陳出新」，韓信初初在劉邦手下打工，負責管理倉庫，他發現糧食入倉後一段時間就會腐爛，造成浪費，於是他在倉裡開了兩道門，新糧由前門搬進去，舊糧由後門搬出去，在食物過期前拿出去吃。

小知識

## 韓信「背水一戰」帶來的意義

「背水一戰」這個成語源自韓信在漢高祖三年（西元前 204 年）指揮的井陘之戰，是一場以少勝多、以險制勝的經典戰役。

當時韓信率領漢軍攻打趙國，趙軍人數遠多於漢軍。韓信故意違反兵法常理，命部隊在背靠河水的地方紮營，讓士兵無路可退。這種佈陣方式在當時被視為「兵家大忌」，連趙軍主帥陳餘也因此輕敵。

韓信的真正計謀在於：他暗中派出兩千輕騎兵繞道趙軍大營背後，等主力部隊與趙軍激戰時，這支奇兵突襲趙營，拔掉趙軍旗幟、插上漢軍旗幟。趙軍回營時見營中滿是敵旗，以為大勢已去，軍心潰散，最終大敗。

這場戰役不僅展現了韓信的膽識與謀略，也讓「背水一戰」成為形容置之死地而後生、破釜沉舟決一勝負的代名詞。這場戰役也常被軍事學校作為教材，強調兵法中「常」與「變」的辯證關係。韓信的成功不在於死守兵書，而在於活用原則、審時度勢。

閉出漢宮時淚濕春風
顧影無顏色尚得君王不
[illegible]
畫不成當時枉殺毛延壽
可憐着盡漢宮衣
侍女暗垂淚
只有年年鴻雁
人生樂在相知心
可憐青冢已蕪沒尚有
傳消息
莫相憶
哀弦留至今
漢恩自淺胡
長門閉阿嬌
飛鴻勸胡酒漢宮
意無南
黃金杆撥春風手
明妃

# 漢初的智慧擔當

# 張良

運籌帷幄的智者，助劉邦得天下，
功成身退保平安。

# 張良：
# 漢初的智慧擔當

漢初三傑中，蕭何是最少故事的，雖然有個成語叫「蕭規曹隨」，說繼任的丞相曹參，依照蕭何訂下的規矩來施政，不過，故事的主角明顯是曹參。

張良有個很著名的故事，話說他的國家（韓國）被秦始皇所滅，想刺殺秦始皇，但這當然不是易事，荊軻等許多刺客試過，都失敗了。於是張良努力儲錢，為了省錢，連弟弟死了也不葬。最後買通了一個刺客，在博浪沙的山丘上，對準秦始皇的車駕，將一百二十斤重的大鐵錐擲過去。

理論上，一般人的馬車是四隻馬拉，秦始皇的車駕是八隻馬，是不會認錯的。但秦始皇也知道很多人刺殺自己，於是把所有馬車都變成四隻馬，讓人分不開他的車駕。張良只好選中間的車來擲，誰知那不是秦始皇的車，所以有一個成語叫「誤中副車」。

事發之後，秦始皇發皇榜追捕張良，張良隱姓埋名。那時候，張良只是比較擅於言談的帥哥，直至他得到一本祕笈。話說他經過一條橋，遇到一個老人家，老人把鞋子踢下去，張良幫忙撿起來，老人把腳伸出來，示意張良幫他穿鞋，張良也真的幫忙了。然後老人家又把鞋踢到橋底，張良爬到橋底撿起鞋，老人家說：「你這麼善良，五天後一大早來找我吧，給你一點好東西。」

五天後，張良來到，老人家早已經在了，就說：「你遲到，不成。」他們沒有約好時間，只是比老人家遲就當遲到。下次張良來得更早，如來者重覆三次，最後張良半夜就到了，結果他終於拿到一本兵書《太公兵法》。那是商周時流傳下來的兵法，中間隔了八百年的周朝，加上春秋戰國，近一千年的時間，簡直是古董。

中國有七本兵書是很厲害的，《太公兵法》就是其中一本，又稱為六韜，文韜論治國、武韜講用兵、龍韜論軍事組織、虎韜講佈陣、豹韜論戰術、犬韜講軍隊訓練。所以《太公兵法》不止是一本兵書，更是一本百科全書。

但後人分析，這本書不可能是姜太公所寫的。因為書中有教訓練騎兵，而騎兵是戰國時代的趙國發明出來的，周朝時還未有騎兵部隊。不過，中國人總是喜歡把東西說得很古老，在秦末漢初，大家覺得最厲害的，就是商周時姜子牙的兵法了。之前三皇五帝堯舜，屬於神話時代，就不能算兵法。

問題是，張良讀完兵書，有什麼發展機會？既沒有證書，秦朝也不會聘用他，於是他決定去投奔一個造反的人。張良在路上遇到劉邦，兩人攀談起來，張良很驚喜，六韜內的知識很深奧，平時都沒人明白，劉邦卻很讚賞他。

老實說，以劉邦的知識層面，他沒可能懂六韜的內容，不過他是個公關高手，打通黑白兩道，你說什麼他都會讚你，本來張良打算幫韓國復國，卻就這樣被劉邦騙走了。

張良的老伯伯故事是真的嗎？事實上，張良祖上五代都是韓國的宰相，他了解軍事政治的知識，不足為奇。而韓和趙的關係很深厚，都是從晉國分裂出來的，所以張良也有機會了解騎兵的訓練。因此，故事有可能是張良編出來的，畢竟那時沒有證書嘛，後來，劉邦的發展，很大程度上都倚靠張良，無論是軍事或經濟，都要靠他出謀獻策。例如項邦在北邊打硬仗，劉邦在南邊打 PR 仗，但劉邦手下都是老弱殘兵，什麼仗都打不了，初初靠賄賂過關，用 PR 手段降服對方的守將。

愈接近首都，這方法就不管用了。去到苑城，守將也不受賄，想繞過這座城，張良反對，說這樣會被人前後夾攻。於是，張良出了個點子，先裝作要繞過這座城，派兵上山，在山上留下五萬個鍋，再插得滿山都是旗。

苑城守將當然有派出探子，他不知劉邦有多少兵馬，但看見五萬個飯鍋，很震驚，不會一人用一個鍋吧，豈不是有千軍萬馬？苑城守將再想一想，此戰必敗無疑，還不如收下劉邦的賄賂，放他過關了。

去到函谷關，是咸陽的關口，守衛嚴密。而守將是屠夫的兒子，他也是靠賄賂上位的，劉邦以重金賄賂，守將心動，出來與劉邦面談。誰知一出城門，就被劉邦殺掉了，原來劉邦根本沒那麼多錢，錢已經花光了。

接著劉邦進城，與百姓約法三章：殺人者死，傷人及盜抵罪。如果自己軍隊犯了這些事，也會照樣懲治，令老百姓覺得，劉邦軍比秦軍更好，得到民心。到劉邦與項羽難分勝負時，劉邦打算分封六國遺民，讓他們管理自己的地方，希望令六國之人都感激他，勢力增強以攻下項羽。張良連忙阻止：「軍隊現在掌握在你手上，若把你有限的本錢分給六國遺民，他們收下軍隊，人人都珍惜自己的勢力，不會出來幫你打項羽。這可不是封賞的時候。」劉邦本來連分封六國的印章都雕好了，聽到張良的話，連忙停止。

後來，劉邦和項羽定下了楚河漢界。這邊廂說停戰，那邊廂張良又出壞點子，乘項羽軍鬆懈，攻擊他們，誰知這樣也輸了。劉邦憂心忡忡，現在自己的軍隊不夠強，兩個幫手彭越和韓信又不來幫忙。張良解釋：「你不肯封地給他們，他們覺得自己沒前景，當然不肯來了。」劉邦恍然大悟，馬上封地給彭越和韓信，他們就來幫忙了，這才打贏了這場仗。

先用陰謀詭計，再找人幫忙，這些方法都是張良想出來的。張良擅於掌握別人的心理，劉邦得天下後，給張良的評語是「運籌帷幄之中，決勝千里之外」。

劉邦登基後，就要處理功臣問題了。他封張良為「留侯」，留縣是張良和劉邦相遇的地方。劉邦問張良想要什麼封地，張良說：「什麼都不要，我只有兩個心願，一是滅秦幫韓國報仇，已經成功了；二是封萬戶侯（管理一萬個家庭的小官），現在也遠遠超過了。」

當劉邦需要出謀獻策時，又會來找張良。最難纏的就是呂后與戚夫人爭權，呂后是劉邦的大老婆；戚夫人是年輕貌美的小老婆，劉邦去哪裡都帶著她，自然偏心。理論上，當然是呂后的兒子當太子，但劉邦覺得戚夫人的兒子很像自己，連兒子的名字都叫「劉如意」，很想他繼位。

劉邦打算換太子，呂后就去找張良，張良也無計可施，他心想：「這關我什麼事？都天下太平了，這是皇帝的家事啊。」呂后一直催逼，張良只好說：「有四個老伯叫『商山四皓』，以賢德聰明著稱，劉邦很想收作手下，但他們一直都不肯出山。如果太子禮賢下士，收服『商山四皓』，劉邦會另眼相看，不敢換太子。」

呂后用盡方法，終於請來了「商山四皓」。劉邦看見這四個老伯，他想，自己怎麼請這四人都不來，呂后的兒子卻把他們請來了，看來呂后的兒子才是該管理天下的人。劉邦就回去跟戚夫人說:「我死後，就是呂后說了算，你只能聽她的話了，我也沒辦法。」兩人就合奏一首離別的歌，劉邦唱，戚夫人跳舞。

另一邊廂，張良想練仙，辟穀不吃飯（話說道教始祖張道齡，自稱是張良的後代），自稱是太上老君的侍從太玄童子。但呂后不容許，又捉他回來吃飯。

冷知識

## 漢朝「智慧家電」-- 長信宮燈！

長信宮燈簡直是漢朝版的「智慧家電」！長信宮燈是漢代青銅鎏金燈具之一。這盞兩千多年前 的青銅檯燈，設計超前到讓人驚嘆——它的造型是一位優雅跪坐的宮女，高舉的右袖暗藏玄 機：袖筒竟然是用來吸油煙的管道！當燈盤中的蠟燭燃燒時，惱人的黑煙會順著袖管流進宮女 空心的身體，被肚子裡儲存的清水過濾淨化。這招「煙霧消失術」，比西方發明類似技術足足早了一千五百年，是古代黑科技！更酷的是它的「可拆式設計」：宮女的頭部、燈盤和燈罩都 能自由拆卸清洗，弧形燈罩還能像百葉窗般開合調整亮度。最妙的是全燈不用一根釘子，全靠 精密的榫卯結構拼接，連現代工程師都佩服。

這盞燈原本的主人是漢文帝的皇后竇漪房，後來賞賜給中山靖王的夫人竇綰。從燈身刻的「長信尚浴」銘文，就能知道它曾在太后的長信宮服役。想像一下：在沒有電力的時代，漢朝貴族女性已經用上如此聰明的環保燈具，一邊照明一邊守護健康，誰說古人不懂生活智慧？

閉出漢宮時淚濕春風
顧影無顏色尚得君王不
卻怪丹青手入眼平生幾曾
畫不成當時枉殺毛延壽一去
帛侍婢暗可憐着盡年漢衣宮
深人生樂垂淚只有年宮鴻雁
可憐青冢已在相知心傳消息
哀弦留至今蕪沒尚有莫相憶
人卻回首漢恩自淺胡
咫尺長門閉阿嬌
飛鴻勸胡酒漢宮意無南
黃金杆撥春風手明妃

# 漢初三傑的第四傑

狠辣掌權，殺功臣固權，
中國首位女性實權統治者。

# 呂后：
# 漢初三傑的第四傑

呂雉是中國第一個知名的女強人，她的爸呂公為了避仇，躲在沛縣，結識了劉邦。那時劉邦還未開始打江山，已經是中年人了，但呂公很賞識劉邦，不顧年齡差距，把女兒嫁給他，算是老夫少妻。

自此之後，呂后開始跟著劉邦跑。到劉邦有一定成就，當然有更年輕的新女朋友，就把呂后留在大後方。不過，呂后也有男朋友，叫審食其，居然能青史留名。後期呂后的兒子想對付審食其，但劉邦卻從未對審食其出過手，確實耐人尋味。

有一次，劉邦用大軍攻打項羽，十倍的兵力，卻被項羽用三萬人馬反攻，落荒而逃，劉邦的老爸和呂雉都被項羽俘虜了。劉邦也不太介意，繼續帶著新女友戚夫人打江山。到項劉和談，劃分楚河漢界時，項羽才把老爸和呂雉還給劉邦。到劉邦當上皇帝，呂后要擔心的問題就多了。劉邦並不擅長當皇帝，我們常說「漢初三傑」幫劉邦，但如果不以男權角度來看，漢初是有四傑的，呂后應該有份。

我們常常說，項羽輸在不夠狠，但劉邦很多時也不夠狠，呂雉才是真正的心狠手辣。《史記》 形容呂后「剛毅」，劉邦「所誅大臣，多呂后力」，很多時是靠呂后的幫助，韓信也是因呂后而死的。除了齊王韓信外，還有梁王彭越，都是劉邦立國的大功臣，手握軍權。當然是皇帝的眼中釘，之前陳豨在「代」造反，已經連累韓信被殺了。然後劉邦派彭越去打陳豨，彭越稱病，只派了個助手去。

彭越的謀臣勸他：「你不去幫劉邦，他會不高興的。」彭越就打算親自出動，謀臣又說：「你現在去，劉邦覺得你之前示弱，同樣不滿。」於是有人勸彭越乾脆造反，彭越不敢，就坐在那裡等，當斷不斷。

結果劉邦帶兵打彭越，如果彭越早就想造反，就會準備好軍隊，但現在彭越毫無準備，馬上就被劉邦捉住了。劉邦不是真的想殺彭越，只是把他貶為庶民，發配到四川的青衣縣。彭越已經落魄地上了車隊，剛好呂后經過，見彭越可憐，就問緣故。

彭越大喜，心想自己和呂后有交情，呂后又是女人，女人心軟嘛，說不定她會幫忙，不說放過我，至少也別發配去這麼荒蕪的地方嘛。呂后拍拍胸口，好，你跟我回去，我幫你向劉邦說情。

回到劉邦身邊，呂后說：「我剛剛遇到彭越， 你知道彭越是什麼人嗎？他是英雄好漢，你把他發配到這麼遠，會有後患的。所以我把他捉回來，讓你當面殺掉他！」然後呂后再找人造假證據，指彭越被發配的中途，還打算造反，名正言順地殺掉彭越，剁成肉醬，分送給各路諸侯，讓大家知道造反的下場。但諸侯也不是傻的，彭越都沒起過兵，怎麼造反？

恐懼之下，就有人造反了。先是英布造反，劉邦派太子劉盈去平定，之前提過劉盈身邊有四個德高望重的老人輔助，老人就勸他千萬不要去：「你是太子，打贏了，也沒可能晉封；打輸了，就有機會授人以柄，奪走你的太子位。」但怎能不去？劉邦一死，劉盈登基，是為漢惠帝。

呂后就去勸劉邦：「這場仗很難打，而且軍隊都是舊部，劉盈才十多歲，怎能打贏呢？只有你禦駕親征才能戰勝。」劉邦被呂后誇一誇，真的禦駕親征，也打贏了。

與此同時，劉邦經常誇讚「如意類我」，覺得如意很像自己，多次想把如意封為太子。呂后當然要想辦法阻止，為了保住兒子劉盈的皇位，她就去找張良商量，張良告訴她，劉邦很想請「商山四皓」出山，因為這四個老頭以賢德聰明著稱，可以幫他治理國家。如果太子禮賢下士，收服「商山四皓」，劉邦會另眼相看，不敢換太子。

呂后親自出馬，用盡方法，終於請來了「商山四皓」。劉邦看見這四個老伯，陪著太子劉盈出席宴會，他想，自己怎麼請這四人都不來，現在怎會被兒子請得動？四個老頭居然對劉邦說：「皇上一向不尊重讀書人，我們避免受辱，所以躲到山上去。太子為人仁孝，敬重知識份子，這一點，和皇上很不一樣。天下間有能力的名士，都願意為這種明君效力，所以，我們便來了。」這四個人對皇帝都不客氣，果然是高手的風範！

劉邦碰了一個軟釘子，卻沒有動氣，只是想：我親自出面也請不動的高人，兒子卻把他們請來了，看來這個兒子才是該管理天下的人。

回去之後，劉邦就跟戚夫人說：「我死後，就是呂后說了算，你只能聽她的話了，我也沒辦法。」兩人就合奏一首離別的歌，劉邦唱，戚夫人跳舞。後來，劉邦就把如意封為趙王，選一個大臣周昌，做如意的助手，希望自己死後，仍能保住如意的性命。

劉邦一死，劉盈登基，是為漢惠帝。他能夠當上皇帝，完全是依靠老媽的佈置，作為一個皇太后，呂雉絕不簡單！

呂雉當上皇太后，大權在握，第一件事就是去處置戚夫人。先把她關起來，挖去雙眼、熏聾耳朵、灌藥毒啞、斬手足，然後放在廁所，稱為「人彘」，即是像豬的人。呂后消了心頭之恨，就帶劉盈來參觀，劉盈嚇得病了一年，指呂后的行為「非人所為，臣為太后子，終不能治天下」，我有這樣殘忍的老媽，我不能治理天下了。於是劉盈就從此自暴自棄，耽於逸樂，不理朝政，於是，治理國家的重任，就落在呂太后的身上。

那劉如意怎麼辦？周昌本來是呂后的人，劉邦第一次提出改立如意為太子，就是周昌走出來反對，事後呂后還向周昌叩頭，感激他幫忙。但周昌受劉邦遺旨，要保護劉如意，也只好遵命了。呂后叫如意回宮，周昌就教如意借故不去，拒絕了幾次，呂后換了方法，直接召周昌回來，關起周昌。如意沒了幫手，很快被呂后召回皇宮了。沒想到，如意和劉盈兄弟感情不錯，劉盈知道呂后殘忍，為了保護弟弟，吃飯睡覺都帶著如意，但百密一疏，有一次劉盈見天色好，出去打獵。只去了半天，回來後，如意已經被毒死了。

明代詩人朱鶴齡寫了一首詩：「楚舞悲歌淚滿巾，娥許而主切酸辛，可憐三尺夷秦項，身後難存一婦人。」說劉邦拿著三尺寶劍，打倒了秦始皇和項羽，但死後連一個女人（戚夫人）都保不住。事後，呂后覺得要加緊控制劉盈，就把外孫女張嫣嫁給劉盈，張嫣即是劉盈的外甥女。可惜劉盈也不是很長命，沒幾年就死了。劉盈和宮女生了一個兒子，叫劉恭，呂后殺了宮女，把劉恭當成張嫣的兒子，擁立他為皇帝。劉恭小朋友不懂人情世故，偶爾說起：「誰殺了我媽，我要報仇。」於是就被呂后關起來了。

這樣一來，劉邦死後的十多年，兩任皇帝都是傀儡，真正掌權的是呂太后，而她的政績是出色的，據《史記》的評價，是「政不出戶，天下晏然，刑罰罕用，罪人是希，民務稼穡，衣食滋殖」，天下太平，很少有人犯罪，大家都很努力務農，豐衣足食。

再舉一個例，當時的匈奴勢力日漸強大，匈奴王知道漢高祖劉邦死了，便想來刺探漢朝的虛實。他寫了一封信給呂太后，說大家都是孤獨的人，不如交往一下。原文是「兩主不樂，無以自虞，願以所有，易其所無。」這當然是一種侮辱，呂太后怎樣回應呢？她居然寫信回覆，稱「你得到的消息並不正確，我已經年紀老邁，頭髮和牙齒都已經脫落，連走路也有問題，不是你想像中的形象了。無論怎樣都好，我送你兩部車，兩匹馬，保持彼此友好的關係。」

匈奴王收到這封信，自覺非常羞愧，自己存心去羞辱對方，漢朝卻依然以禮相待，於是兩國從此相安無事，享受一段頗長的太平日子。呂太后用幽默感，來化解一段國際糾紛，亦可見這個太后雖然有時殘暴，整體來說，其實也是非常稱職的。

冷知識

## 是漢代皇族「永生夢幻戰甲」— 金縷玉衣

金縷玉衣簡直是漢代皇族的「永生夢幻戰甲」！這套用兩千多片珍貴和田玉、耗費兩公斤金絲編織的葬服，專為諸侯王量身打造，像一件覆蓋全身的玉製盔甲。漢代人深信「玉能鎖住靈魂」，幻想穿上它就能屍身不腐、飛升成仙。1968 年河北滿城漢墓出土的中山靖王劉勝（劉備的祖先）夫婦金縷玉衣，轟動世界——在每片玉片的邊緣鑽出微孔，用金線如織毛衣般串聯，連膝蓋、手指都能彎曲活動，工藝細緻到讓現代人驚嘆！

然而這套價值連城的「永生套裝」，實則充滿黑色幽默：劉勝的屍骨早在兩千年間化為塵土，玉衣內塞滿的香料也無力回天。更諷刺的是，玉片上刻的編號（本為防止工匠拼錯），反成盜墓賊的「拆解指南」——三國曹操甚至設立「摸金校尉」專盜漢墓抽金絲，逼得魏文帝曹丕下令廢除玉衣制度。這件耗費百名工匠十年心血、堪比漢朝一縣全年稅收的奢華葬禮，終究證明：追求不朽的執念，往往比屍身腐爛得更快。

閉出漢宮時淚濕春風
顧影無顏色尚得君王不
卻怪丹青手入眼平生幾曾
畫不成當時枉殺毛延壽一去
侍女暗 可憐着盡年 漢宮衣
帛深人生樂垂淚只有年鴻雁
可憐青冢已在相知心 傳消息
哀弦留至今蕪沒尚有莫相憶
人卻回首漢恩自淺胡
咫尺長門閉阿嬌
飛鴻勸胡酒漢宮 意無南
黃金杆撥春風手 明妃

# 盛世基業

# 漢武帝

開疆拓土，獨尊儒術，
漢朝巔峰之主。

# 漢武帝：
# 盛世基業

## 7.1 皇三代的起跑線

漢武帝本名劉徹，七歲封為太子，十六歲登基為皇，當然是贏在起跑線。細看他的歷史，其實在兩代之前已經注定了成功。

我們先由爺爺說起，那是劉邦和薄夫人生下的兒子 — 劉恆。由於薄夫人不太得寵，所以沒有像戚夫人那樣，被呂后針對虐殺，所以，只是被打發到封國去。在封國的時候，夫人對兒子的教誨，非常清楚，就是千萬不要引人注目，尤其是不要引起呂后的注意。結果，養成了劉恆低調樸素的性格，生活用到，非常節儉。

後來，劉邦和呂后都死了，應該有誰來承繼皇位呢？大臣們發現劉恆以節儉聞名，便推舉了他來京城做皇帝，是為漢文帝。

漢文帝做了 23 年的皇帝，繼續他擅長的樸素生活，由於朝廷負擔少，所以他的稅也收得很少，人民的負擔不多，就可以休養生息。他住的雖然是皇宮，但從來都不肯花錢作出任何修葺，將將就就的，廿多年就過去了。他死了之後，兒子繼位，是為漢景帝。景帝至自少就習慣了父親的節儉生活，繼續「貧苦經營」，由於這兩代皇帝的堅持，讓財富都保留了在平民百姓的家裏，造就了「文景之治」。不過，兩個皇帝收回來的稅都沒有用，去到一個程度，貨倉裏的存糧，也因為存放太久，來不及食用，都發霉了。

到了漢武帝的時候，國家的庫房充裕，要發展出盛世來，就有足夠的本錢。漢武帝的第一個任務，就是「削藩」。早前許多功臣都得到封地，許多地方勢力逐漸坐大，去到威脅政權的地步，漢武帝便打算把他們的軍事力量瓦解下來。要削他們的勢力，本來並不容易，也擔心他們會起來反抗。

漢武帝卻想到一個辦法。他們的爵位，原本是傳給嫡長子的，漢武帝就說，要讓新一代，人人有承繼權。換句話說，如果這一代有十兄弟，就要把封地分為十份，每一個兄弟都分得十份之一，皆大歡喜。大家很容易想像，如果皇帝直接來削減封地，人家十兄弟自然齊心反抗。現在是去幫人分家，即使嫡長子不同意，另外九個兄弟為了自己的利益，都會支持這個政策。結果，漢武帝就逐漸削弱了地方勢力，把資源掌握了，就可以專心對付匈奴了。

## 7.2 武帝的功業

後世，經常把漢武帝的名號，和秦始皇放在一起，並稱為「秦皇漢武」，他的功績，當然不單止是削藩了。

在漢朝的初期，雖然平定了中原的地區，但仍然受到匈奴侵略，劉邦多次帶兵抵抗，但也沒有得到什麼成果。來到漢武帝的時候，努力經營下，一方面積極訓練軍隊，加強實力；另一方面，透過外交手段，聯絡其他西域國家，共同對抗匈奴。結果，成功地改變了數十年的劣勢，令匈奴不敢隨便侵犯。

漢武帝在位期間，主動出擊對抗匈奴，其中有三次重大的戰役：

1) 公元前127年，以衛青為帥，發動河南之翼，把匈奴趕出河南，解除他們對長安的威脅。
2) 公元前121年，派霍去病為將軍，採取迂迴側擊戰術，奪回河西地區的領土，自此之後，漢朝與西域的通道就打開了。
3) 公元前119年，衛青和霍去病繼續出動，深入匈奴腹地二千里，擊敗匈奴左賢王。

小知識

## 影響深遠的漢匈交戰

西漢於公元前 202 年建立後，高祖劉邦在公元前 200 年親自出征匈奴，雖然初戰告捷，卻不久陷入敵軍重圍，整整七日七夜方才脫困。此後，朝廷轉而推行「和親」政策，以宗室女子嫁與匈奴單于為手段，並開展互市貿易，期以穩定邊疆。這項政策自文帝、景帝以來，大體上持續實行。

到了漢武帝（公元前 141 年－前 87 年）即位之後，隨著國力復甦，他改變原先防守為主的策略，轉向主動出擊，對匈奴展開一系列軍事行動。

自武帝元光二年（公元前 133 年）爆發的馬邑之戰為起點，漢軍與匈奴展開多場大規模戰爭，包括龍城之戰（前 129 年）、雁門之戰（前 128 年）、河南之戰（前 127 年）、漠南之戰（前 124 年）與河西之戰（前 121 年）。漢軍多次取勝，並湧現許多名將，除了讓匈奴聞風喪膽的「飛將軍」李廣（約前 185 年－前 119 年），還有統帥大軍、戰功彪炳的衛青（？－前 106 年）及其外甥霍去病（前 140 年－前 117 年）。

到了漢武帝（公元前 141 年－前 87 年）即位之後，隨著國力復甦，他改變原先防守為主的策略，轉向主動出擊，對匈奴展開一系列軍事行動。

自武帝元光二年（公元前 133 年）爆發的馬邑之戰為起點，漢軍與匈奴展開多場大規模戰爭，包括龍城之戰（前 129 年）、雁門之戰（前 128 年）、河南之戰（前 127 年）、漠南之戰（前 124 年）與河西之戰（前 121 年）。漢軍多次取勝，並湧現許多名將，除了讓匈奴聞風喪膽的「飛將軍」李廣（約前 185 年－前 119 年），還有統帥大軍、戰功彪炳的衞青（？－前 106 年）及其外甥霍去病（前 140 年－前 117 年）。

當時，還有其他不同文化的西域國家，之前都受過匈奴的侵犯，本來只懂得退讓或者投降。自此之後，他們發覺東方有一個強大而不掠奪的漢朝政府，敢於站出來和匈奴對抗，成為榜樣，令他們也被啟發出保衛國土的決心。亦可以說，漢朝聲威遠播，成為諸國的精神領袖。

漢武帝蠟像，中國蠟像館。（圖片來源：FOTOE）

## 7.3 獨尊儒術

漢初的幾代皇帝，吸取秦朝的教訓，知道過分嚴厲的法治系統，會引起人民的反感，故此，以道家「清靜無為」的宗旨，讓人民休養生息。過了幾代之後，漢武帝採取了結構性的改變，在諸子百家學說之中，選擇了儒學為百家之首。

著名儒學大師董仲舒，發表自世策略的方案，特別強調「教化」的作用，主張推行文化體制的改革。這種觀點得到漢武帝的認同，結果，「罷黜百家，獨尊儒術」，開展了儒家思想在中國往後的主導地位。

小知識

## 「獨尊儒術」形成獨具漢代特色的儒術體系？

「獨尊儒術」是漢武帝在位期間推行的重要思想政策，原意為「罷黜百家，獨尊儒術」。此舉源自儒生董仲舒在元光元年（前134年）提出的建議，主張只尊孔子之術，其餘學派一律排斥。當時漢朝已由黃老無為思想主導轉向強化中央集權，統一思想成為當務之急。

隨着竇太后的逝世，主張尊儒的大臣重新得勢，漢武帝開始大量任用儒生為官，並推行以《春秋》為審判依據的「春秋決獄」，儒家思想逐漸成為進入仕途的門檻，也成為全國主流意識形態。

然而，這時期的儒學已非純粹孔子之道，而是融合天人感應等思想的混合體，形成獨具漢代特色的儒術體系。即便如此，法家的影響仍存在，正如漢宣帝所言：「漢家自有制度，本以霸王道雜之。」彰顯儒法並用的現實考量。

閉出漢宮時淚還春風
顧影矣顏色尚得君王不
卻怪丹青手入眼平生幾曾
不成當時枉殺毛延壽一去
畫侍婦暗可憐着盡年漢衣
帛深人生樂垂淚只有年宮鴻雁
可憐青家已在相知心傳消息
哀弦留至今無沒尚有莫相憶
人卻回首漢恩自淺胡
思足長門閉阿嬌
飛鴻勸胡酒漢宮意無南
黃金杆撥春風手明妃

# 龍城飛將沒封侯

# 李廣

飛將軍威震匈奴，卻終生未封侯，命運弄人。

# 李廣：
# 龍城飛將沒封侯

唐朝邊塞詩人 王昌齡 寫下千古傳頌的名句：「但使龍城飛將在，不教胡馬度陰山。」描述千百年來平民百姓的共同意願，希望有「龍城飛將」出現，打退來犯的外族，安定邊防。詩中的「龍城飛將」，就是漢朝名將李廣！

李廣是漢代的三朝名將，在漢文帝時期參軍，多次抵抗匈奴的入侵。有一次，漢文帝跟他說：「如果你生在高祖的時代，以你的功勞，一定可以封侯了！」他這樣說，是指漢高祖劉邦在開國的時期，經常打仗，有很多機會讓李廣發揮所長。可惜，在漢文帝、漢景帝時代，匈奴雖然常常侵犯邊境，但都只屬於小打小鬧，沒有出現大規模的戰爭，所以李廣能夠累積到的功勞，並不顯赫。

不過，對於匈奴來說，李廣是無敵的對手，甚至稱之為「飛將軍」！能夠得到敵人的敬重，可以想像，那種令人敬畏的形象，非常深刻！

戰場上，李廣那種百發百中的箭術，的確令敵人防不勝防。據說，他的箭法之所以如此精湛，是因為他真的熱愛射箭，去到一個地步，射箭就是他的娛樂。一般的弓箭手，「練習是射箭，娛樂是娛樂」，李廣卻是「練習是射箭，娛樂是射箭」。

到了漢武帝的時候，正式跟匈奴開戰，李廣終於等到機會，盡顯所長了。不過，經歷了漢文帝、漢景帝、漢武帝個時期，李廣已經年紀老邁，漢武帝怕他力不從心，不太想派他到前線打仗。

李廣總不能眼白白看着機會在眼前溜走吧，有一年，漢武帝派衛青出征匈奴，他主動爭取，要求當上先鋒的位置。漢武帝表面上答應了，暗中卻吩咐衛青，不要讓老人家上前線，派他負責支援的部份就好了。對於李廣來說，這個安排當然令他不滿，也是運氣不好，他帶領的支援部隊在沙漠裏迷路了，等他把支援物資運到前線，仗都打完了。在行軍打仗的法律中，這項罪名叫作耽誤軍機，無法苟且處理。根據正常的法律程序，李廣需要接受衛青的軍事審問。我估計，無論如何，也要解釋遲到的原因，受一點責罰，然後再由皇帝求一個情，走一個門面套路，應該也是無罪釋放的。

不過，李廣回想，漢文帝也說他是應該被封侯的材料，現在不僅沒有得到應有的榮耀，卻要被年青人審問，是平生不能接受的侮辱。結果，在審訊之前，他選擇了自殺。

後世對於李廣的評價，通常都注意他三朝名將的身份，令敵人聞風喪膽，威名遠播。同時，又有同情他運氣不佳，沒有在適當的時期積聚功勞，所以，很少提及他自殺的結局。其實，他死時六十歲，雖然是老將，但也未老到不能運籌帷幄行軍遣將的地步。 戰國時代的廉頗，就曾經打仗打到八十歲。也許，憑李廣豐富的作戰經驗，如果肯捱過這一關，受審之後，他還是有機會建功立業的！畢竟，匈奴仍在作亂，漢武帝也不見得會停止戰爭！

（圖片來源：網絡）

小知識

## 射虎變成射石？

李廣和匈奴曾多次交戰。雖然古代的匈奴是天生馬上的遊牧民族，騎兵射箭是天生遺傳，但是李廣射箭本領卻比匈奴更高出一截。李廣的射箭高超在歷史上流傳了許多的故事，除了利用善射對付匈奴外，還有李廣射石的故事。

相傳李廣所在郡縣附近的山林中常有猛虎出沒，百姓因此不敢上山。李廣為民除害，夜裡率部進入山林，聽見一陣動靜，見遠處有影便即刻拉弓射箭，只聽箭聲破空，旋即萬籟俱寂。搜遍林中卻不見猛虎蹤影。翌日清晨再度前往搜尋，竟發現當時射中的並非猛獸，而是一塊巨石，而箭矢居然深深嵌入石中，只餘箭羽外露。部下費力拔出箭矢，無不驚歎李廣之神技。

此事廣為流傳，不僅彰顯李廣驚人的武藝，更象徵了漢族將領英勇無畏、心繫百姓的精神風範。這段佳話，至今仍為後人所敬仰。

丹青入眼平生幾曾

畫不成當時枉殺毛延壽

侍女暗可憐着盡年漢衣

帛深人生樂垂淚只有年宮雁

可憐青冢已在相知心傳鴻消息

哀弦留至今蕪沒尚有莫相憶

人卻回首漢恩自淺胡

# 歷史的祖師爺

# 司馬遷

忍辱著《史記》，首創紀傳體，
後世史家之師。

# 司馬遷：
# 歷史的祖師爺

司馬遷二十歲做官，十多年都沒升過職，直到父親死後，才接替了父親的官職，做了太史令，官做得不好不壞，眼看就要埋沒在歷史的長河中了。

這時候，漢武帝正在和匈奴打仗，將軍李陵戰敗，投降了匈奴。本來這事跟司馬遷沒有任何關係，但他偏偏上奏皇帝，說李陵這孩子多可憐啊，兵力不夠，愛護手下的性命才投降。這正正觸了漢武帝的霉頭，話說當時剛過了經濟高峰，市面的盛世景象開始衰退，民間開始有怨言，懷疑朝廷的好戰政策，皇帝老子正在煩躁，司馬小子來評議戰陣上的配置不當， 分明就是異見歪理， 馬上被拋進大牢裡。

過了不久，有人傳來消息，李陵正在幫匈奴人練兵，籌謀著攻打漢朝。漢武帝勃然大怒，李陵人在匈奴，也沒法拿他怎麼樣，皇帝就想起司馬遷了……

「你之前不是幫李陵說好話嗎，現在李陵叛國了，你是他的黨羽，判你一個『斬首』，也是活該！」

那時候，有兩個方法可以免除死刑，一是付錢，但那個銀碼是司馬遷十年俸祿的總和，他之前不知道自己會被斬頭，沒有儲好積蓄，錢都花光了，這個方法是行不通的；二是宮刑，變成太監就不用死了。司馬遷沒錢，又不想死，只好接受宮刑了。

劇情峰迴路轉，後來大家發現，幫匈奴練兵的叫「李緒」，不是「李陵」，名字太相似，傳消息的人弄錯了。李陵自己沒受到什麼牽連，司馬遷卻變成了太監，罰錯了，皇帝老兒也沒來道個歉，肯放他出牢，再讓他當個不大不小的官，算是不錯了。

後來司馬遷寫《史記》，對大部份史實他還能持平記錄，但寫到民間故事，就有較大的發揮空間。司馬遷覺得自己很有義氣，為了義氣幫李陵說話，落個終身殘疾，簡直是俠士的典範，當然他也不會這樣誇口自己，只能把對「義氣」的推崇，投射在筆下的民間俠士故事中，故此，他筆下的《刺客列傳》和《遊俠列傳》，就很有俠義精神，我個人覺得，簡直就是武俠小說的始祖，為「俠」做了一個明確的定義。

小知識

## 什麼是宮刑？

「宮刑」是中國古代一種極為嚴厲的刑罰，其施行對象會因此失去生理功能與生育能力。宮，即「丈夫割其勢，女子閉於宮」。男性受刑後，因傷口容易感染，通常需在密閉的「蠶室」中靜養百日，以求保命。此後，即便保住性命，也往往因內分泌改變，行為傾向女性化。至於女性的宮刑，史料說法不一，有的認為是長期囚禁，也有記述以打擊腹部造成生育機能喪失。

宮刑的起源已不可考，早在《尚書》中便有所記載，列為古代「五刑」之一，其嚴酷程度僅次於死刑。在漢文帝時期曾廢除此類肉刑，然而至漢景帝朝又重新施行，並允許部分死刑罪犯改受宮刑處置。至漢武帝時代，宮刑施行更為頻繁，部分大臣因言獲罪，也會受到此等刑罰。這一制度不僅體現了古代法律的殘酷，也反映出權力與思想箝制的現實。

閉出漢宮時淚濕春風
顧影無顏色尚得君王不
卻怪丹青手入眼平生幾曾
畫不成當時枉殺毛延壽一去
侍女暗可憐着盡年漢衣宮
深人生樂垂淚只有年宮鴻雁
可憐在相知心
青冢已蕪沒尚有傳消息
哀弦留至今莫相憶
人卻回首漢恩自淺胡
咫尺長門閉阿嬌
飛鴻勸胡酒漢宮意無南
黃金杆撥春風手明妃

樂在相知心

# 王昭君

和親匈奴，琵琶訴怨，
落雁美人換和平。

# 王昭君：
# 樂在相知心

傳統上，我們形容女性貌美，常用「沉魚落雁，閉月羞花」八字，我相信，這應該是顏值中上的最高評價。要知道，這八個字分別代表了中國最美麗的女人，包括在河邊浣紗、為西漢皇帝出塞的王昭君、在院子裡拜月光的貂嬋、喜歡牡丹的楊貴妃。

不過，值得我們留意的是，「沉魚落雁」出自莊子的《齊物論》，本來所指的，是完全不同的意思。原文是「毛嬙、麗姬，人之所美也，魚見之深入，鳥見之高下，麋鹿見之決驟。」即是說，當時大家覺得毛嬙和麗姬是當世的美女，但這是由人類的審美標準來判斷的，魚、鳥和鹿都不會被她們吸引，遇到了她們，無論是在水裡游的、空中飛的，或是地上跑的，統統都調頭走了。莊子用這個例子，來論證所謂美醜的概念，本質上是沒有任何意義的。

莊子在戰國時代寫《齊物論》時，西施已經死了超過一百年，他當然沒有見過（但相信有聽過的），至於西漢的王昭君、三國時代的貂嬋、唐朝的楊貴妃，莊子毫無概念的；他更沒可能想像到，他寫的「沉魚落雁」，會被後人作出 180 度的完全曲解，用作形容美女的準則。莊子假若泉下有知，大概也會哭笑不得。

我們再來看「沉魚落雁閉月羞花」四位美人，原來，當中也是有排名的，大家會問，四位生於不同年代，其實也不知道是什麼長相，怎能比較高下？難道因為唐朝女子普遍較胖，就判斷楊貴妃排在末位？沒想到，這個評價，原來和長相沒有關係。原來，排列名次的邏輯是這樣的，既然四個都是公認的美人，就不在美貌方面分高下，而是用她們的社會貢獻，來決定大家對她們的尊敬程度。

西施的主要任務是當卧底，成功幫助越國去推翻吳國，有這樣的功勞，位列第一名，大家沒有異議。王昭君嫁給匈奴王，保障了西漢和匈奴之間的和平邦交，達五十年之久，當然是立了大功。貂嬋運用自己的美色，誘使呂布去刺殺董卓，是三國時代的轉捩點，不過，貂嬋是虛構人物，打個折扣，在所難免。最後的楊貴妃，人生的主題曲只是被唐玄宗寵愛，說實在的，沒有什麼功績，唯有屈居榜末（這和她長得胖沒有關係）。

## 四大美人排行榜

1) 西施　2) 王昭君　3) 貂蟬　4) 楊貴妃

王昭君為什麼要移民？

王昭君是西漢時代的人物，當時的皇帝是漢朝的第八任皇帝，漢元帝。根據歷史的記載，當時漢朝和匈奴建交，匈奴首領「呼韓邪單于」來到，說甘為「天朝之婿」，簡單的說，就是希望兩國聯婚，保障雙方的關係，希望可以享受太平的日子。大家可能會問，匈奴不是很兇惡的嗎？來當女婿，輩份上低了一級，是否吃虧了。其實，當時的匈奴實力，已經大不如前，假如真的打一場硬仗，匈奴自己也沒有信心佔得了什麼便宜；另一方面，漢王也是樂見兩國能夠和平共處，故此，連國號也改為「竟寧」，取其得享安寧的意思，可見雙方都是有誠意議和的。

人家上門來到，說要當你的女婿，漢元帝可沒有真的打算把女兒嫁給他。於是，便叫宮中管事的，選五個妃子宮女出來，讓呼韓邪單于自己挑選。這時候，王昭君已經當了幾年宮女（大概也覺得熬下去沒有什麼意思），就自告奮勇，自薦去給匈奴王挑選。《後漢書》記載：「入宮數年，不得見御，積悲怨，乃請掖庭令求行。」來到大殿之上，呼韓邪單于和漢元帝齊齊眼前一亮（噢，可能是二亮），呼韓邪單于忖道：漢人真的有誠意，果然把最好的美人送給我！漢元帝則心想：宮中怎麼有這麼美貌的宮女？我怎麼從來沒有見過？我究竟錯過了什麼？

但事已至此，漢元帝也不好反口，便唯有眼巴巴看著美人被送走，徒呼奈何！王昭君嫁到塞外，看到天上的大雁，就應對了「落雁」的綽號，成為「四大美人」中的第二名。呼韓邪單于得到這位絕色美人，當然是歡喜到不得了，把王昭君封為「寧胡閼氏」，翻譯過去，就是和平皇后的意思，由宮女升格為皇后，但又要離鄉別井，王昭君是喜是悲，大概只有她自己才知道。

王昭君在塞外的生活如何？根據《漢書．匈奴傳》的記錄，單于娶了王昭君，三年後便死了，這段婚姻是否美滿，的確無從稽考；根據匈奴的習俗，王昭君跟著便與單于的長子「雕陶莫皋」（前妻所生的兒子）結合，繼續當皇后。原來，這個繼子只比她大一歲，如果單從年齡來判斷，這對夫妻可能更加匹配。而且，王昭君為這個丈夫誕下了兩個女兒，有了家庭樂趣，應該不會像初來邊塞時般苦悶吧！更重要的一點，她在兩地文化交流方面，帶來了很大的貢獻。

中原給匈奴送去「銅、鐵、鹽、茶、糧食、美麗的絲綿」；匈奴給中土送來「異獸珍禽、高大的駱駝、神速的駿馬，和雲朵似的羊群」(這是曹禺後來寫的劇本內容，有相當的歷史根據）。漢胡之間，亦由這一場和親開始，相安無事，邊境安寧了接近五十年，王昭君受到了後世的讚頌，除了美貌之外，這一點也非常關鍵。

不過，大家可能會問：是否有些重要的情節被忽略了？

從許多戲曲及小說中看到，不是有一個貪心的畫師？又有「一曲琵琶動漢王」的橋段嗎？這些元素，歷史文獻沒有記載，但後來有一本小說《西京雜記》，收錄了百多個西漢時期的小故事，其中有一則，說到宮廷有太多宮女，皇帝來不及親自挑選，就請了一批畫師，逐個繪畫她們的畫像，先給皇上過目。畫師團隊的頭領叫做毛延壽，得到這份差事，自然撈到不少油水，所有宮女都明白這個潛規則，毛延壽就是現成的「美圖秀秀」，給他一些好處，借他的畫筆提升顏值，才可以有機會見到皇帝；見得到皇帝，才有可能得到寵幸。

王昭君就是不肯賄賂毛延壽，於是，畫師刻意把她打了折扣，畫像去到皇上面前，就是一個平凡女子，自然不獲召見。直到匈奴王和親事件，皇帝發現自己錯過了美女，當然大發雷霆，毛延壽及受牽連的畫師，一概被判死罪，落得一個曝屍街頭的下場。這個故事聽起來有趣，所以廣為流傳，但史書上從來沒有毛延壽其人，相信只是小說家言，並非事實。至於漢元帝見到王昭君真貌之後，匆匆和她談了一場戀愛，就更是不合情理的創作，毫無邏輯。

對於王昭君的事蹟，當然還有許多創作，到了唐朝，李白、杜甫、白居易等頂級詩人都為她寫詩，紀念她的偉大，但大家都可以想像，詩人多半都把注意力放在她的可憐部份，寫她思念家鄉，寫她的不忿心情，例如李白寫的「蛾眉憔悴沒胡沙」，杜甫的「千載琵琶作胡語，分明怨恨曲中論」，都是由她的怨恨為出發點。

其實，王昭君如果沒有出塞，她的命運又會如何？歷史沒有如果，我們亦無法想像；不過，到了一千年後的宋朝，王安石寫了兩首《明妃曲》，印證一下《後漢書》的歷史資料，我相信，更能刻劃出王昭君的心情。

明妃初出漢宮時，淚溼春風鬢腳垂。
低徊顧影無顏色，尚得君王不自持。
歸來卻怪丹青手，入眼平生幾曾有；
意態由來畫不成，當時枉殺毛延壽。
一去心知更不歸，可憐着盡漢宮衣；
寄聲欲問塞南事，只有年年鴻雁飛。
家人萬里傳消息，好在氈城莫相憶；
君不見

咫尺長門閉阿嬌，人生失意無南北。
明妃初嫁與胡兒，氈車百輛皆胡姬。
含情欲語獨無處，傳與琵琶心自知。
黃金杆撥春風手，彈看飛鴻勸胡酒。
漢宮侍女暗垂淚，沙上行人卻回首。

漢恩自淺胡恩深，人生樂在相知心。
可憐青冢已蕪沒，尚有哀弦留至今。

我們先看第一首，有趣的是，王安石反而為畫師抱不平，一句「意態由來畫不成」，指出根本就不應用畫來評核，皇帝自己本身也有責任。認真想，皇帝不昏庸，制度沒漏洞，毛延壽哪來收受賄賂的機會；退一萬步來看，即使畫師沒有偏私，憑漢朝傾向抽象的畫工，也無法如實記錄宮女的美貌，皇帝看畫認人，本身就不靠譜。

結尾兩句：「咫尺長門閉阿嬌」，說的是漢武帝的皇后陳阿嬌的故事，話說漢武帝後來寵愛新的美人衛子夫，於是，廢了陳阿嬌到長門宮，相當哀怨，她希望重新得到皇帝的寵愛，就以千金作酬，請當代最有名的司馬相如出手，寫了一首《長門賦》，希望武帝看了之後，可以恢復舊情，不過，陳阿嬌始終不敵新人。王安石用這個典故，用意非常明顯，就是說王昭君即使留在漢元帝身邊，新鮮感過後，還是會捲入爭寵的競賽之中。「人生失意無南北」一句，尚算客氣，說她若然生出一條失意的命，無論在南方的漢宮，抑或在北方的塞外，其實也是一樣。

再看第二首：「漢恩自淺胡恩深」，那就是指著漢元帝的鼻子，罵他辜負了王昭君，我們細心想，漢室又的確對王昭君沒有什麼恩惠，但去到匈奴那邊，她做了兩任皇后，得到的恩寵，又的確深厚很多。「人生樂在相知心」就更是全首詩的重心所在，前詩尚有「人生失意」，這一首就清清楚楚的跟我們說，人生最快樂的，便是找到知心的人，而王昭君在匈奴那邊，就真的得到了知心的尊重。

當然，我們知道王安石只是借王昭君的故事，來紓發自己尚未得到宋朝政府重視的情懷，不過，他的這兩首詩，的確扭轉了前人純粹寫王昭君的鄉愁淒楚，境界上有很大的分別。我們再看《漢書》的歷史記錄，王昭君「乃請掖庭令求行」，的確是她主動請纓出塞的，又似乎反映出她當日，真的希望出去碰一碰運氣。

王安石寫了兩首《明妃曲》之後，掀起了文壇極大迴響，許多當代文豪，都寫詩相和。

歐陽修寫的「雖能殺畫工，於事竟何益？耳目所及尚如此，萬里安能制夷狄？」更清楚的說明事後問罪毛延壽，只是出出氣而已；根本是皇帝管治無方的問題。

司馬光也寫王昭君：「君不見白頭蕭太傅，被讒仰藥更無疑」兩句，除了寫昭君的故事之外，再說了漢元帝的另一件錯事。原來，他老爸臨死之時，托付了大臣蕭望之，請他打理朝政，教育新皇帝；但漢元帝就聽信小人之言，迫害蕭望之，令他服毒自殺了。

同屬唐宋八大家的曾鞏，也來寫「丹青有跡尚如此，何況無形論是非」。看起來，大家都想通了，留在漢元帝身邊，也不是一件幸福的事情，這個皇帝是非不分，倒不如在塞外生活，樂得太平，受人尊重！

閉出漢宮時淚濕春風
顧影無顏色尚得君王不
卻怪丹青手入眼平生幾曾
畫不成當時枉殺毛延壽一去
侍女暗可憐著盡年漢宮衣
深人生樂垂淚只有年鴻雁
可憐青冢已在相知心傳消息
哀弦留至今蕪沒尚有莫相憶
人卻回首漢恩自淺胡
咫尺長門閉阿嬌
飛鴻勸胡酒漢宮意無南
黃金捍撥春風手明妃

## 朝代的中斷

# 王政君

外戚掌權，王莽篡漢復古，
新朝短命而亡。

# 王政君／王莽：
# 朝代的中斷

在劉邦那一章，我提過有一段神話插曲，劉邦用劍斬了山中的大白蛇。原來，故事還有延續。

話說劉邦看到這條怪獸級大蟒蛇，心裡也不禁一愣，他從未見過這麼大的蛇！但他心想不可後退，於是舉起寶劍，大喝一聲：「你為何擋道？」白蛇竟開口回答：「你天生龍命，將來要當皇帝，我不服！」劉邦揮寶劍劈蛇，將蟒蛇從中間一斬兩段！

後來，又出現了蟒蛇轉世，回來報仇的後續故事。

劉邦當了皇帝二百年之後，大白蛇投胎為人，叫做王莽，在公元 8 年 12 月「篡漢」，做了十多年皇帝。整個漢朝四百年，前二百是西漢，後二百年是東漢，王莽篡漢也正是西漢，和東漢的分界線，將漢王朝分成兩段。這個故事，當然是後來杜撰的，創作人穿鑿附會，不能當真，但當中的巧合，令人產生無限多幻想！

幻想歸幻想，王莽自立為皇，兵不血刃當了十幾年皇帝，的確是史實，究竟王莽是怎樣在歷史舞台登場的？

事情要由漢元帝講起，對，就是上一回提到的，把王昭君送到塞外的漢元帝。非常巧合地，漢元帝的老婆名叫王政君，名字和王昭君非常相似，但其實沒有什麼關係。漢元帝沒有什麼才幹，而且有點優柔寡斷，在位的時候沒有什麼建樹，這個當皇后的，就更加不顯眼了。王政君跟皇帝的感情有點淡薄，只可以循規蹈矩的低調生活，但中國人有一句老話「多年媳婦熬成婆」，做皇后的就更加有機會「出人頭地」！等到漢元帝死去，兒子做皇帝，史稱漢成帝，她就成為皇太后了。她掌權後的第一道命令，要兒子皇帝聘請他的家人做大官。他的兄長王鳳馬上成為大司馬，即是朝廷最高的官位。

王政君除了兒子孝順之外，老爸也很給力，生了很多子女（老爸有好幾個妻妾），於是，這些兄弟們一下子都做了大官。歷史上最出名的事件，就是他有一天，把王鳳的五個弟弟都封為侯爵，史稱「一日五侯」！漢成帝把日常的國家事務都交給老媽外家照料，自己就過了二十五年飲酒作樂的生活，然後，自己死了，老媽依然健在。對王政君來說，漢成帝每一件事都孝順，唯一沒有做好的，就是沒有生兒子。所以，就要在宗室之內找尋子弟，來繼承皇位。

新皇帝跟王政君沒有任何關係，所以，王政君雖然貴為太皇太后，但就沒有什麼實權。王家的親戚軍團，逐漸被排擠，離開了朝廷的重要職位，當中包括了她的姪兒王莽。不過，太皇太后的身份尊貴，她仍然受到尊重，這個時候，她年紀也不少了，有的是耐性，雖然權力逐漸流失，但靜觀其變，也沒有受到太大的牽連。

又過了幾年，新皇帝「又」死了，王政君年紀雖大，但身體依然壯健，而且經驗豐富，眼見朝廷上的文武法官亂過一團，就趁機會命令姪兒王莽入宮，表面上，是來辦喪事的，其實就是接管了整個皇宮的內政。

王莽是個政治天才，很快便把皇家的政治勢力重新建立起來，再一次控制了朝廷的運作。然後，他和太皇太后王政君商量，再中室裏挑選一個十歲左右的孩子，來繼承王位。

五年後，小皇帝「又」死了。（這些皇帝都死得比較快，故此，也有些傳說，認為他們是被害死的。不過，沒有什麼真憑實據，我們就不作討論了。）王莽現在已經是熟手技工，二話不說，就挑選了一個兩歲的小孩劉子嬰來做皇帝。王政君看見王莽重施故技，開始覺得事有蹺蹊。她雖然一直都縱容自己的親戚來控制朝廷，但內心仍然是對漢室忠心的，只可惜，王莽這時手握大權，王政君雖然猜出他有謀朝換代的野心，但已經沒有什麼辦法可以阻止了。果然，三年後（公元 8 年），王莽決定自己做皇帝，請劉子嬰長期休假，自己取而代之，把國號改為「新」，自己就是這個「新朝」的國皇帝。

當中還有兩個小插曲，首先，王莽希望王政君交出玉璽，王政君始終不答應，說：「這是漢朝的玉璽，既然漢朝都沒有了，你們就應該做一個新的。」說罷，就把玉璽砸到地上。

另外，大家可能會留意到，西漢最後一個皇帝叫子嬰，秦朝的最後一個皇帝，也叫子嬰，這是巧合？抑或是王莽的安排？這就無從稽考了。

王莽把政權搶到手中，過程可以說是不費吹灰之力， 既沒有什麼血腥奪權事件，也沒有什麼反對政黨，而且，又看元帝的老爸漢宣帝開始，漢朝過了五、六十年的太平日子，國泰民安，財政儲備非常充足。這樣的開局，有絕對優勢，王莽偏偏就有能力，把這一手好牌打爛。

（圖片來源：網絡）

他一開始做皇帝，就改革土地制度，禁止奴隸買賣，改革幣制，做了很多新措施。聽起來，這些都好像是好事，但任何改革，都不是容易的事情，而王莽每次遇到推行不利，都會反覆變更，朝令夕改，令百姓無所適從。

當中弄出不少笑話，例如他喜歡改地名，一個地方甚至改上幾次，把大家都搞糊塗了。最後，朝廷公文有提到不同地方的時候，用的雖然是新地名，但都要附上原名，否則，大家都看不明白。「新朝」也是國運不佳，由王莽登位開始，就不斷遇到旱災，糧食不足，飢民慢慢就變成暴民，造反的勢力就開始形成，當中勢力最大的，是綠林軍與赤眉軍兩幫人。

大家會想，這兩班人只是烏合之眾，應該沒有什麼影響吧？我們來看看當時的環境，王匡領導綠林軍，藏在綠林山中，初時以野菜樹根為食，但飢民實在太多，連樹根都不夠，就到附近的村莊打劫。王莽本來的計劃，是派侍者去解散綠林軍，承諾免他們的罪。不過，綠林君剛解散，轉瞬又重新聚集，因為賦稅太重，人民太窮，實在無法生活，只好落草為寇。他們其實只是求溫飽，在鄉間打劫，本來不敢進攻大城大鎮，根本沒有真正的造反計劃。可是，王莽就是沒有搞明白，只懂得用嚴刑酷法，派軍隊去進攻。沒想到，因此逼得綠林軍武裝反抗，釀成大禍。

公元 23 年，綠林軍攻入長安，王莽在混亂中為商人杜吳所殺，終年 68 歲。後來，更始帝下詔將王莽頭顱懸於宛市之中，新朝滅亡。其頭顱後來被各代收藏，直到西晉晉惠帝時，洛陽失火，王莽的頭顱才被焚毀。

## 為什麼歷代帝王都愛收藏王莽的頭顱？

王莽的頭顱被保存長達272年，其原因或有三。首先，王莽篡奪西漢政權，被視為竊國大盜，而東漢開國皇帝劉秀身為漢室後裔，推翻王莽政權後，將其頭顱視為戰利品與象徵性戰功。作為首位被斬首的皇帝，王莽的頭顱也具有獨特的歷史與政治價值，成為帝王宣示正統地位的證明。

其次，它具備強烈的警示意義。王莽以亂臣賊子之名身敗名裂，對歷代帝王而言，他的下場正是用來警惕臣下不可逾越規矩、謀逆奪權的最佳教材。因此，王莽之首得以在皇宮或武庫中長期保存，用以震懾朝臣。

第三，也許王莽的頭顱最終只是被遺忘的收藏品。當初或許作為政治工具備受重視，但在歷代皇帝交替與藏品堆積中，這件「戰利品」逐漸淡出人們視野，終至武庫被焚毀時，方才有人憶起它的存在，只不過成為歷史長河中一段奇異的注腳罷了。

初出漢宮時淚溼春風

顧影無顏色尚得君王不

卻怪丹青手入眼平生幾曾

畫不成當時枉殺毛延壽

侍女暗垂淚　可憐着盡漢宮衣

只有年年鴻雁飛

人生樂在相知心

可憐青冢已蕪沒尚有哀弦留至今

家人萬里傳消息　好在氈城莫相憶

人卻回首　漢恩自淺胡

門閉阿嬌

飛鴻勸胡酒漢宮

意無南

黃金杆撥春風手明妃

小夢想 大件事

# 漢光武

平民崛起，復興漢室，
開創東漢中興。

# 漢光武帝：
# 小夢想 大件事

秦始皇喜歡巡遊，有一次，他巡遊至項羽所在的會稽縣（現大約為中國 浙江省 紹興）時，項羽被秦始皇的威風形象所吸引，向身邊的項梁說道：「彼可取而代也！」劉邦也見到秦始皇巡遊，同樣發出了感慨：「嗟乎，大丈夫當如此矣！」結果兩人都分別建功立業，推翻了秦國政權，楚漢相爭二分天下。後來，劉邦統一中原，成立漢朝，那是何等的豐功偉業！追源溯始，原來就是由那一次巡遊開始，引出兩大政治家的夢想！

劉邦當然沒法想到，在他之後二百年，他的第九代孫有相似的經歷，一樣在巡遊中引發出夢想，不過，那一次巡遊是大不如前的，但故事的男主角，漢光武帝的功業，中興漢室，絲毫不比他的祖宗遜色！

劉邦建立漢朝之後，說過一句「非劉氏而王者，天下共擊之。」他明顯地認為，這個天下，總之就是屬於他劉家子孫的，如果不是姓劉的，就不可以封王，更不要奢望做皇帝了！在劉家子孫的管治之下，漢朝風風光光的過了二百年，但他沒想到，在公元 9 年的時候，劉家的皇朝被王莽篡奪了。

王莽的「新朝」卻延續不了多久，只有十四年的光陰，很快又回到劉家子孫手上，在「光武中興」之後，又享有二百年的「東漢皇朝」。

我們常常聽到「光武中興」，自然會想，這個光武帝，應該是個很了不起的人物。他本名劉秀，是劉邦的第九代孫，當然是血統優良，不過，他的少年時代，適逢王莽的輝煌時期，他只是有機會在長安讀書而已，輸在起跑線，完全不是人生勝利組。求學時期，他的哥哥劉縯比他優秀，經常取笑他，說他只是種田的料。

在長安的時候，劉秀說了兩句話：「仕宦當作執金吾，娶妻當得陰麗華。」可以說是千古傳頌。先講第二句，陰麗華是什麼人？原來，陰家是當地的富豪、大士族，據說是管仲的後代，陰麗華是陰家的閨女，名門之後，人又長得漂亮，那是國際明星一般的矚目，劉秀這句說話，和今日說「娶妻當得 Gal Gadot（神奇女俠的女演員）」一樣，都是有點痴人說夢。

碰巧，劉秀的姐夫和陰家是遠房親戚，機緣巧合之下，劉秀遇上了陰麗華，驚為天人，一見難忘！大概是把這句話寫下來，當是揮春貼在牆壁上，每天看一看，發一個白日夢，也是少年人必做的事情。

另一句「仕宦當作執金吾」，執金吾是什麼官職？原來，當時的官階分為三公九卿，執金吾是九卿的郎中令演變出來的，官階不算很高，職責是率領禁軍保衛京城，所以，定期要主持巡遊，帶領軍隊在城內走一圈，顯示軍力，那個場面當然是威武壯觀的。

劉秀少年時，羡慕執金吾的威風，不是因為這個官職的大小，其實純粹是貪慕虛榮，和他的老祖宗劉邦見到秦始皇巡遊，完全是不一樣的格局。不過，少年人嘛，怎知道日後會有什麼際遇？事實上，歷史的發展，自然為他安排了一套步調，他本人也沒法想像得到。

公元22年，劉秀的大哥劉縯，高叫「復高祖之業，定萬世之秋」的口號，召集兵馬，打算推翻王莽。這個時候，漢宗室劉玄被擁立為帝，建元「更始」，又一個新時代即將開始。劉縯加入了劉玄的陣營，被封為大司徒。不過，劉玄忌憚劉縯的功勞太大，藉故把他

小知識

## 「三公九卿」是什麼？

「三公九卿」是中國古代中央官制中極具代表性的制度，起源可追溯至周代，並在秦漢時期逐漸定型，用以輔佐皇帝治理國家。三公是地位最高的三位輔政大臣，通常包括：

- 丞相：負責全國政務，為最高行政長官；
- 太尉：掌管軍事，為最高軍事長官；
- 御史大夫：負責監察百官、糾舉違法，類似現代的監察機構首長。

九卿則是中央政府中九位重要部門的長官，職責分工明確，包括：

① 太常(奉常)：掌宗廟祭祀與禮儀；
② 光祿勳(郎中令)：負責宮廷侍衛；
③ 衛尉：掌宮門警衛；
④ 太僕：掌管輿馬與畜牧業
⑤ 廷尉：司法之官
⑥ 大鴻臚：負責外交事務
⑦ 宗正：管理皇族事務的官員
⑧ 大司農：米穀庫儲與鹽鐵專賣
⑨ 少府：負責徵收山海地澤收入和管理手工業製造

殺了；同時，又解除了劉秀的一切兵權，封他一個武信侯的爵位。劉秀當然知道自己的處境非常危險，為了想辦法減低劉玄的戒心，他不為兄長復仇，反而着緊地去向陰麗華求婚，籌備婚禮。皇帝見他沉迷兒女私情，覺得他沒有什麼威脅，便暫時放棄了對他的迫害，而且，陰家在當地很有聲望，皇帝也犯不着去動他們的女婿。

後來，劉玄升劉秀的官，要他渡过黃河，去收服河北州郡。當時，王郎假冒漢成帝之子，在當地稱王，劉秀並無兵馬，身入虎穴，根本就是就死路一條。不過，王郎屬下的劉揚，本來就不服王郎的管治，劉秀就跑去跟他結盟，希望得到他的軍隊支持。

劉秀、劉揚兩人表面上是一拍即合，其實互相都不肯相信對方，為促成合作，劉秀娶了劉揚的外甥女郭聖通，以聯姻的方法，來加強彼此的信任。大家別小覷這一段婚姻，當地有許多中間派的勢力，開始依附這個新的地方政權，他們的勢力越聚越大，最後終於消滅了王朗，在河北打好了劉秀的軍事基礎。

劉秀前期的成功，可以說是由兩段婚姻帶給他的，陰麗華保住他的性命，郭聖通為他帶來軍事的力量。三年後，劉秀在河北稱帝，年號「建武」，郭聖通亦為他生下皇子劉彊。然後，劉秀回到洛陽，把陰麗華接回來，那個時代，資訊不發達，陰麗華根本不知道劉秀近況，還以為自己即將要守寡，忽然聽說老公做了皇帝，也不知是驚是喜；然後又發現老公另外娶了老婆，還生了兒子，他當時的心情起伏，真的難以想像！

接下來的問題，是誰來當皇后呢？劉秀愛的是陰麗華，當然希望她能做皇后，不過，陰麗華自稱不足以擔大位，居然推辭，她還稱郭聖通已經生了兒子，應該做皇后。其實，這只是表面的說法，最重要的是，郭聖通背後帶着龐大的兵力，有她的支持，平衡了各方的勢力，為劉秀減少了很多麻煩。

後來，劉秀統一天下，是為漢光武帝，亦即是我們經常說的「光武中興」，開創了東漢皇朝。而陰麗華始終是劉秀的至愛，在十多年之後，終於被封為皇后，成為後世傳頌的愛情故事。

初出漢宮時淚濕春風
顧影無顏色尚得君王不
卻怪丹青手入眼平生幾
畫不成當時枉殺毛延壽
可憐着盡漢宮衣
侍女暗垂淚
年年鴻雁
人生樂在相知心
可憐青冢已蕪沒
尚有哀弦留至今
卻回首
漢恩自淺胡恩
長門閉阿嬌
飛鴻勸胡酒
黃金捍撥春風手
無南
明妃

# 班昭

## 東漢留下來的典範

才女續《漢書》，著《女誡》，影響後世女性觀。

# 班昭：東漢留下來的典範

## 漢朝的班昭，對後世的影響，堪稱深遠！

首先，她把《漢書》完成了。

本來，《漢書》是由她的老爸班彪開始寫的，紀錄漢朝的歷史；班彪死後，由兒子班固接手，兩父子寫了二十多年。後來，班固因事入獄，更死在獄中，而《漢書》尚有《八表》和《天文志》未曾寫成。

漢和帝查明真相，發現班固是無辜被牽連的，覺得非常惋惜，於是，便讓班昭到東觀藏書閣，續寫《漢書》。

這一年，班昭已經 43 歲了，她一方面將散亂的原稿編排校訂，另一方面撰寫《八表》和《天文志》，完成了父兄的遺作，亦是中國 24 史中，唯一的女作者！

後來，漢和帝死了，24 歲的皇后就成為了鄧太后，臨朝聽政。由於後來的殤帝、安帝都太年幼，鄧太后繼續攝政，一共十六年之久，這段時間，她多次以太后之名下詔書，自稱為朕，儼然是當時的最高領導！

鄧太后年輕時，曾經做過班昭的學生，非常欣賞班昭的才學，於是，召班昭入宮輔政。這時候，班昭56歲，由於熟讀歷史，對於過往不同朝代的興衰進退，都了然於胸，所以，在輔助鄧太后施政的過程，進退有度，令文武百官心悅誠服，貢獻很大。

然後，她寫下對中國人影響更為深遠的《女誡》！

她憂慮家族女子的教育問題，她認為兒子們都能獨當一面，不用擔心，但族裏的女兒們（也許是孫女們）也到了出嫁的年紀，如果沒有受到適當的教育，就會令家族蒙羞了。於是，她寫下七篇《女誡》，要家族的女孩子們各自抄寫一遍，教導她們如何做好本分，才會得到尊重。不過，也許是她本人太出名，亦可能是因為當時實在沒有合適的教材，給當世的老百姓傳閱，流行了起來，往後的幾個朝代，都被視為婦女行為的典範。

《女誡》分別是「卑弱」、「夫婦」、「敬慎」、「婦行」、「專心」「曲從」、「叔妹」七篇，大家一看「卑弱」、「曲從」這種名稱，也心裏有數，知道是男尊女卑，要求絕對順從的傳統觀念，用今日的價值觀來看，這個道德標準當然大欠公平，甚至有人認為，是害了中國古代的女性，我們不妨逐篇看看，自己評估一下，是否有這麼嚴重？

《女誡》一開始就是「卑弱第一」，為妻子立下標準，對家中各人「謙讓恭敬，先人後己，有善莫名，有惡莫辭。忍辱含垢，常若畏懼，卑弱下人也。」做了錯事不推卸責任，這個容易了解；做了好事不要讓人知道，這就有點造作了。另外，為什麼要常常做出畏懼的態度呢？在那個時代，把畏懼和謙卑畫上等號，現在看起來，難免有點莫名其妙！這一篇，又建議在女嬰幾個月大開始，就讓她躺在床下，令她自幼了解自己是卑弱的，這個做法，我稱之為「童年陰影教育法」，肯定有效，但是否一項正面的成效呢？則有待商榷。

「夫婦第二」用陰陽互濟來闡述夫婦之道，丈夫要是沒有品德，就無法領導妻子，妻子要是不賢惠，亦無法侍奉丈夫。這一篇，頗為公平。

「敬慎第三」主張男子應該剛強，女子應該柔弱。「生男如狼，猶恐其尪；生女如鼠，猶恐其虎。」用現代語言來說，就是男的若似一頭狼，還害怕他太過懦弱；女的如果像老鼠一樣，還擔心她像老虎般兇猛。她強調女子的敬、順之道，要求一種持久的恭敬的態度，在古時，這個也是無可厚非。不過，她提出一個警告：夫婦之間過於親密，時間長了，容易產生輕薄怠慢，言語就會過分，逐漸產生侮辱丈夫的想法。這一點，不能說她沒有邏輯，但勸誡女子不要和丈夫過分親密，可能只有在三妻四妾的年代，丈夫可以和妾侍親密，分擔了正室的親密，才是一個實際的方法。

「婦行第四」指的是「婦德」、「婦言」、「婦容」、「婦功」等四種德行。內裏的重點，就是女子不一定要聰明伶俐，最重要的反而是守規矩。這一點由班昭來演繹，其實沒有什麼說服力。

「專心第五」強調丈夫是天，所以，夫妻的關係是「夫者，天也。天固不可違，夫故不可離也。」「夫有再娶之義，婦無二適之文。」那就是男人可以再娶，女人不可以再嫁的不平等條約。不過，話得說回來，班昭自己的確也是這樣堅持的，她十四歲嫁與曹世叔為妻，二十歲出頭，丈夫就死了，她一直活到七十多歲，終生沒有再嫁，亦沒有任何緋聞，可以說是這方面的典範！

我們先看「叔妹第七」，那是指丈夫的弟妹，以前是大家庭的生活圈子，小叔和／或小姑的關係，當然會有影響，用現代的眼光來看，就是公關要做得好。不過，《女誡》永遠只提供「謙」和「順」兩個方法，說得白一點，就只是教大家做「透明人」，不要帶來任何矛盾，就算了；是否有什麼建樹，就不重要了。

「曲從第六」就真的要討論一下，顧名思義，女性對公婆要一味地「曲從」，公婆對的地方，媳婦當然要說對；公婆不對的地方，媳婦也要說對。讓長輩高興，全家自然都高興，這一點，幾乎就是要當奴隸了。她有一點說得對，丈夫對你雖然憐愛，家公家婆卻不一定喜歡你，這個也是需要注意的；但她提供的方法只是「逆來順受」，就是所謂的曲從，其實就是叫你忍下來。

《女誡》的中心思想，多多少少都是叫女仕們認命，凡事忍一忍，忍到什麼時候？中國人有一句經典金句「多年媳婦熬成婆」，就是說，捱著等著，總會有一天，自己年紀大了，成為了家婆，到時就要風得風要雨得雨。大家幻想一下，有多少人懷著「大仇得報」的心情，把當年的怨氣發洩在下一代的身上？有人說，中國封建社會有一套完整的道德架構，令無數婦女成為男性的附屬品，而最有效的工具，就是這七篇《女誡》。

諷刺的是，班昭丈夫早死，她自己很早便回到娘家寫《漢書》，換句話說，她由女變媳，又由媳變回姑的時間，其實不是很長，她又得漢和帝鄧太后看重，早早就被尊稱為「曹大家」，她不用熬也成為了婆，我猜，她也無法預計，《女誡》對往後近二千年的中國女性的影響，比《漢書》來得更深！

# 漢代建築

# 歷史大人物：秦漢

作　　者：黃獎
出 版 人：麥家昇
封面構圖：黃獎
內文設計：Hinggo Lam
內文協力：輝

出　　版：今日出版有限公司
地　　址：香港 柴灣 康民街 2 號 康民工業中心 1408 室
電　　話：(852) 3105-0332
電　　郵：info@todaypublications.com.hk
網　　址：www.todaypublications.com.hk
Facebook 關鍵字：Today Publications 今日出版

發　　行：泛華發行代理有限公司
地　　址：香港 新界 將軍澳工業村 駿昌街 7 號 2 樓
電　　話：(852) 2798-2220
網　　址：www.gccd.com.hk

印　　刷：大一數碼印刷有限公司
電　　郵：sales@elite.com.hk

圖書分類：歷史 / 流行讀物 / 中國歷史
初版日期：2025 年 7 月
I S B N：978-988-70185-6-8
定　　價：港幣 88 元 / 新台幣 390 元

初出漢宮時淚濕春風
顧影無顏色尚得君王不
卻怪丹青手入眼平生幾曾
畫不成當時枉殺毛延壽一
侍女暗可憐着盡漢宮衣
歸深人生樂垂淚只有年年鴻雁
可憐青冢已在相知心傳消息
哀弦留至今蕪沒尚有莫相憶
人卻回首漢恩自淺胡恩
咫尺長門閉阿嬌
飛鴻勸胡酒漢宮意無南
黃金杆撥春風手明妃